日本神話から
江戸文学まで

マンガとあらすじで
やさしく読める

日本の古典
傑作30選

土屋博映 監修

はじめに

『マンガとあらすじでやさしく読める　日本の古典30選』が完成しました。ここにお届けいたします。最近は古典ブームといわれておりますが、古典は古めかしいものという先入観を持たれている方が多いようです。しかし実は古語も、古代人の現代語であり、古代人もその古典が完成した時点では現代人でした。いつも人間は現代人なのです。それを忘れて、古代人に古めかしいというイメージを持つのは偏見であり、自分の知識を自ら貶めるものです。古典は、先人の人生の記録として、いつまでも新しいものであり、私たちに人生を教えてくれます。最近世の中もやっとそれに気づいたようです。その古典ブームの中でも、本書はまさに画期的な入門書といえるでしょう。「①マンガと②あらすじで③やさしく読める」のです。本書1冊で日本の古典の代表作が瞬時にすべて理解できてしまいます。超お得！

構成は、「第1章　神話・説話」「第2章　日記・随筆」「第3章　物語・小説」「第4章　和歌・俳諧」の4章から成っています。それぞれに置かれた作品は、まずは「マンガ」から気楽に入れるようになっています。マンガの直前には各作品のエッセンスが簡潔に記され、その作品のことが大体は把握することができます。次に「あらすじ」がわかりやすく記されています。作品のおもしろさが、五感を通して、伝わってくることでしょう。さらに、必要により脚注も参照できるようになっています。各章の最後には「コラム」が加えられていて、各章を読んだみなさんのさらなる発展を促します。実に親切な入門書です。また「日本の古典年表」と「ジャンルの解説」を冒頭部にまとめておきました。併せてご利用下さい。

本書は初心者のみならず、受験生、大学生、古典愛好家など、年齢に応じ、実力に応じ、どの方にもプラスの受け取り方ができるようになっております。本書がきっかけで、古典のよさが見直され、今以上に古典ファンが増えることを、古典の専門家として心より願ってやみません。

平成二十四年　六月

土屋博映

目次◉日本神話から江戸文学まで

マンガとあらすじでやさしく読める日本の古典 傑作30選

本書掲載作品を含む古典の代表的な作品とともに、日本の歴史の流れも理解できます。

※太字は本書掲載作品

●は推定
◁は以降
▷は以前

年号	西暦	作品名	ジャンル	作者・編者	出来事
奈良時代 710〜784年	712	**古事記**《こじき》	神話	太安万侶《おおのやすまろ》	平城京に遷都（710）
奈良時代	720	**日本書紀**《にほんしょき》	神話	舎人親王《とねりしんのう》	
奈良時代	733	出雲国風土記《いずものくにふどき》	地理書	未詳	東大寺大仏開眼（752）
奈良時代	759◁	**万葉集**《まんようしゅう》	歌集	未詳（大伴家持か）	
平安時代 784年〜1190年	822●	**日本霊異記**《にほんりょういき》	説話集	景戒《きょうかい》	平安京に遷都（794）
平安時代	905●	**古今和歌集**《こきんわかしゅう》	歌集	紀貫之《きのつらゆき》ら	
平安時代	910▷	**竹取物語**《たけとりものがたり》	物語	未詳	
平安時代	935●	**土佐日記**《とさにっき》	日記	紀貫之《きのつらゆき》	平将門の乱（935）
平安時代	947●	**伊勢物語**《いせものがたり》	物語	未詳	和歌所設置（951）
平安時代	951●	大和物語《やまとものがたり》	物語	未詳	
平安時代	974◁	**蜻蛉日記**《かげろうにっき》	日記	藤原道綱母《ふじわらのみちつなのはは》	
平安時代	984●	宇津保物語《うつほものがたり》	物語	未詳（源順か）	
平安時代	1001●	**枕草子**《まくらのそうし》	随筆	清少納言《せいしょうなごん》	藤原定子が皇后に、彰子が中宮になる（1000）
平安時代	1005●	拾遺和歌集《しゅういわかしゅう》	歌集	未詳（花山院か）	
平安時代	1007●	**和泉式部日記**《いずみしきぶにっき》	日記	和泉式部《いずみしきぶ》	
平安時代	1008●	**源氏物語**《げんじものがたり》	物語	紫式部《むらさきしきぶ》	
平安時代	1010●	紫式部日記《むらさきしきぶにっき》	日記	紫式部《むらさきしきぶ》	藤原道長全盛期（1013頃）
平安時代	1059◁	更級日記《さらしなにっき》	日記	菅原孝標女《すがわらのたかすえのむすめ》	源氏の進出（1028年頃）
平安時代	1086	後拾遺和歌集《ごしゅういわかしゅう》	歌集	藤原通俊《ふじわらのみちとし》	平氏の進出（1129）
平安時代	1115◁	**大鏡**《おおかがみ》	歴史物語	未詳	養和の飢饉（1181）
平安時代	1120◁	**今昔物語集**《こんじゃくものがたりしゅう》	説話集	未詳	平家滅亡（1185）
平安時代	1187	千載和歌集《せんざいわかしゅう》	歌集	藤原俊成《ふじわらのしゅんぜい》	源頼朝、征夷大将軍に就任（1192）
平安時代	1190●	**山家集**《さんかしゅう》	歌集	西行《さいぎょう》	
	1205●	**新古今和歌集**《しんこきんわかしゅう》	歌集	藤原定家《ふじわらのさだいえ》ら	
	1201●	無名草子《むみょうぞうし》	評論	未詳（藤原俊成女か）	

作品と時代背景がひと目でわかる

日本の古典年表

鎌倉時代 1190～1334年
南北朝時代 1329～1394年
室町、安土・桃山時代 1394～1602年

年	作品	ジャンル	作者	時代背景
1212	**方丈記**《ほうじょうき》	随筆	鴨長明《かものちょうめい》	
1216●	発心集《ほっしんしゅう》	説話集	鴨長明《かものちょうめい》	
1219●	**平家物語**《へいけものがたり》	軍記	未詳（信濃前司行長か）	
1219●	**宇治拾遺物語**《うじしゅういものがたり》	説話集	未詳	親鸞、浄土真宗を開く（1224）
1235●	小倉百人一首《おぐらひゃくにんいっしゅ》	歌集	藤原定家《ふじわらのさだいえ》	
1252	十訓抄《じっくんしょう》	説話集	未詳	
1254	古今著聞集《ここんちょもんじゅう》	説話集	橘成季《たちばなのなりすえ》	
1280●	**十六夜日記**《いざよいにっき》	日記	阿仏尼《あぶつに》	
1331●	**徒然草**《つれづれぐさ》	随筆	兼好《けんこう》	足利尊氏、征夷大将軍に就任（1338）
1368●	増鏡《ますかがみ》	歴史物語	二条良基か《にじょうよしもと》	
1375●	**太平記**《たいへいき》	軍記	玄恵らか《げんえ》	
1400●	風姿花伝《ふうしかでん》	評論	世阿弥《ぜあみ》	
1463	ささめごと《ささめごと》	評論	心敬《しんけい》	禅宗文化の普及（4世紀後半）

江戸時代 1597～1868年

年	作品	ジャンル	作者	時代背景
1688	**日本永代蔵**《にっぽんえいたいぐら》	浮世草子	井原西鶴《いはらさいかく》	明暦の大火（1657）
1694●	**おくのほそ道**《おくのほそみち》	俳諧紀行	松尾芭蕉《まつおばしょう》	
1703	**曽根崎心中**《そねざきしんじゅう》	浄瑠璃	近松門左衛門《ちかまつもんざえもん》	赤穂浪士討ち入り（1702）
1704●	去来抄《きょらいしょう》	評論	向井去来《むかいきょらい》	心中物の上演禁止（1723）
1720	心中天の網島《しんじゅうてんのあみじま》	浄瑠璃	近松門左衛門《ちかまつもんざえもん》	
1776	**雨月物語**《うげつものがたり》	読本	上田秋成《うえだあきなり》	おかげ参りの流行（1771頃）
1790	古事記伝《こじきでん》	評論	本居宣長《もとおりのりなが》	
1795	**玉勝間**《たまかつま》	随筆	本居宣長《もとおりのりなが》	
1797	新花摘《しんはなつみ》	俳句	与謝野蕪村《よさのぶそん》	
1802	**東海道中膝栗毛**《とうかいどうちゅうひざくりげ》	滑稽本	十返舎一九《じっぺんしゃいっく》	
1814	**南総里見八犬伝**《なんそうさとみはっけんでん》	読本	滝沢馬琴《たきざわばきん》	
1819	**おらが春**《おらがはる》	俳諧	小林一茶《こばやしいっさ》	
1825	東海道四谷怪談《とうかいどうよつやかいだん》	歌舞伎	鶴屋南北《つるやなんぼく》	

ジャンルの解説

<第1章> 神話・説話 P009～

●神話●　その国に伝わる神々や、国の誕生の歴史が描かれた古い逸話。どの国の逸話も、荒唐無稽のスケールやストーリーで描かれているのが特徴です。本来、日本各地にはさまざまな部族集団や文化圏があり、それぞれ独自の神話が伝わっていたとされていますが、現在残っている神話は、国の歴史をまとめる際に、日本神話の原点として新たに編集されたものと考えられています。

●説話●　各地に古くから伝わる民話や昔話、伝説などを指します。文字のない時代から存在していたものが多く、土地により話の内容や結末が異なることもあります。有名な『今昔物語集』などはそうした説話をまとめた説話集です。それぞれの説話からは、当時の人々がどのようなものを見聞きし、何を信じ、何を思って暮らしていたのかを知ることができます。

<第2章> 日記・随筆 P041～

●日記●　日記は古来から存在していたものの、男性の役人が仕事の報告書として宮廷での出来事や儀式を漢字で綴った「記録」にすぎませんでした。しかし平安時代に「平仮名」が生まれ、和歌や物語が執筆されるようになると、日記もその潮流に乗って文学性を帯びた作品が登場しました。そして個人の感情を素直に表現した数々の名作が生まれました。

●随筆●　作者が日常生活の中で感じたことを気の向くままに書き綴ったもの。貴族社会では自分の思ったことを率直に言うことはよいとされていませんでした。自分の気持ちは、奥ゆかしく和歌で表現することがよいとされていたのです。そんな時代に、みんなが共感できるテーマではっきり自分の意見を述べた随筆という新しいジャンルは、当時の人々に広く受け入れられました。

<第3章> 物語・小説 P075～

●物語●　平安時代初期、作者が架空の登場人物や展開を設定し、創作したもの。

●軍記●　源頼朝が鎌倉に幕府を開いて以来戦乱が相次ぎ、その戦いをもとにした軍記という文学ジャンルが誕生しました。

●歴史物語●　平安時代後期、貴族の没落に合わせるように、実際に起こった歴史に基づいた物語風の文学が登場します。

●浮世草子●　御伽草子の流れをくむ仮名草子に対して、浮世草子は写実的な描写で、近世の小説の先駆を成しているといえます。

●浄瑠璃●　中世後期に発生した語りと、三味線と人形が結びつき誕生。近松門左衛門らが芸術の域まで高めました。

●小説●　江戸時代に誕生した草双紙や読むことに重点が置かれた浮世草子や読本が代表です。

<第4章> 和歌・俳諧 P137～

●和歌●　『古事記』には日本最古といわれるスサノオが詠んだ和歌が登場しますが、ジャンルとして確立したのはやはり『万葉集』の存在が大きいといえます。その後平安時代に平仮名が登場したことにより、和歌は発展し、自分の思いを伝えあうことは貴族社会で不可欠の文化となりました。5・7・5・7・7のわずか31音で感情を表現するという、日本独自の文学形式といえるでしょう。

●俳諧●　室町時代、連歌の表現を滑稽にして気軽に楽しめるようにしたものが俳諧の発端。江戸時代に庶民のたしなみとして流行した集団文芸です。さらに松尾芭蕉が登場し、蕉風と呼ばれる独自の作風を確立したことによって、芸術性の高い文学形式へと昇華しました。また、明治時代に誕生した俳句の源流となりました。

第1章

神話・説話

古事記
日本書紀
日本霊異記
今昔物語集
宇治拾遺物語

神話

不思議な神話の世界で、日本人のルーツを展開

古事記《こじき》

奈良時代初期　712年

《編者》	
太安万侶《おおのやすまろ》	生年不詳〜723年。奈良時代随一の学者といわれている。本書は稗田阿礼《ひえだのあれ》が口述した『帝記』『旧辞』を太安万侶が筆記・編纂《へんさん》したものである。また、太安万侶は『日本書紀』の編集にも参加している。

日本誕生の神話が描かれている『古事記』は
『日本書紀』と並ぶ最古の歴史書です
天武天皇がそれまでの歴史書（『帝記』『旧辞』）を改めたことがはじまりでした
「ちゃんとした歴史書を作りたい」という思いから
ポイ
ポイ
ボツ。やりなおし
編纂《へんさん》には舎人《とねり》と呼ばれる皇族に仕える役人の
稗田阿礼という人物が関わっていたとされていますが
その人物像は謎だらけで性別すらわかっていません
ただ抜群の記憶力の持ち主だったようです
ピ ピ ピン
暗記の達人！

さて『古事記』の編纂ですが
天武天皇が
突然亡くなったため
一度はストップ…
それから30年後
ようやく
元明天皇によって
再開されました
稗田阿礼が
口述したものを
朝廷屈指の学者だった
太安万侶が
筆記させました
30年前に
暗記してたアレ、
思い出して
くれない？
日本誕生の歴史は
『日本書紀』でも
描かれており
内容も『古事記』と
似ていますが
性質が違っています
なんで
似たような
本を2冊も
作ったの？
『古事記』は
後世に天皇家の支配を
示すために書かれ
『日本書紀』は海外に
日本の正史を伝える目的で
書かれたといわれています
古事記は
漢字と仮名
が使われていて
日本書紀は
中国の漢字で
書かれている。
『古事記』の登場人物たちは
「ヤマタノオロチ伝説」などに
見られるように人間離れしていて
ドラマ性が強く
「因幡の白ウサギ」のように
物語に登場する
動物たちまでが
個性豊かに
描かれているのです
そんな登場人物たちに
焦点を当てながら
不思議な『古事記』の世界を
覗いてみましょう

伊耶那岐《いざなぎ》・伊耶那美《いざなみ》と日本誕生

①高天原《たかまのはら》の神々から国作りを命じられた2人の神、②伊耶那岐《いざなぎ》と伊耶那美《いざなみ》は、まず矛《ほこ》で海をぐるぐるとかき回して島を作り、そこへ降り立ち8つの大きな島と6つの小さな島を生んだ。これが日本国の始まりである。国作りが終わると、2人は次に神々を生んだ。しかし伊耶那美は、火の神を生んだ際、やけどを負って死んでしまった。その後、伊耶那美を追って黄泉《よみ》の国《くに》へ向かった伊耶那岐が地上に帰ってきて体を清めた際に生まれたのが③天《あま》照大御神《てらすおおみかみ》、④月読命《つくよみのみこと》、⑤須佐之男命《すさのおのみこと》の3人の神。伊耶那岐は天照には高天原を、須佐之男には海原を、月読には夜の国を統治するよう命じた。

須佐之男命《すさのおのみこと》と天照大御神《あまてらすおおみかみ》

海を治めず、わがまま放題の須佐之男命《すさのおのみこと》は、父・伊耶那岐《いざなぎ》によって地上から追放された。最後に姉の天照《あまてらす》にあいさつをしていこうと高天原を訪れた須佐之男はそこでも大暴れ。恐れをなした天照は天の岩戸に身を隠し、

---

①天上界にある天津神たちが住む世界

②日本国を誕生させた神。誰が生んだかは不明

③天を照らすという文字どおり、太陽神とされている。きわめて重要な神として登場し、天皇家の祖神であるため、伊勢神宮の内宮に祀られている

④月の神。月（月齢）を読むと書くことから、収穫期などを知らせる重要な暦を知らせるために、五穀豊穣や農漁守護の神ともされている

⑤「スサ」は「すさまじい」に通じる言葉で、暴力的な神として登場するが、英雄伝も多い

世界は闇に包まれてしまう。困り果てた八百万《やおよろず》⑥の神々は集まって相談し、祭りの支度を始めた。外は暗闇のはずなのににぎやかな笑い声が聞こえてくるのを不思議に思い、岩戸を少しあけた天照を、岩陰に隠れていた天手《あめのた》力男神《ちからおのみこと》⑦が引きずりだし、ようやく世界に光がよみがえった。

　この騒動を起こした罰として、須佐之男は八百万の神に髭を切られ、手足の爪を抜かれて高天原からも追い払われた。仕方なく出雲国⑧の斐伊川《ひいかわ》⑨に降り立った須佐之男は、そこで国津神《くにつかみ》⑩の足名椎《あしなずち》と手名椎《てなずち》という老夫婦と、その娘の櫛名田比売《くしなだひめ》に会う。毎年、襲ってきては娘たちを食べてしまうという八俣《やまた》の大蛇《おろち》⑪を酒で酔いつぶして退治した須佐之男は、櫛名田比売を妻にめとり、出雲国の須賀に宮を作ってそこに定住した。そして多くの子どもをもうけたのだった。

大国主神《おおくにぬしのかみ》と天孫降臨《てんそんこうりん》

須佐之男《すさのお》の子孫にあたる大穴牟遅神《おおなむぢのかみ》（後の大国主神《おおくにぬしのかみ》）は、80人兄弟の末弟だった。彼は兄弟の八十神《やそがみ》たちが求婚した因幡国《いなばのくに》⑫の八上比売《やがみひめ》という美し

---

⑥多くの神々

⑦怪力の持ち主で、力の神として崇められている

⑧現在の島根県

⑨島根県の出雲町にある船通山を源流とし、日本海に流れていく川

⑩高天原に住む天津神に対して、地上に住む神々のこと

⑪このとき八俣の大蛇の尾から出てきたのが草薙の剣で、須佐之男はそれを姉の天照に献上した

⑫現在の鳥取県東部

い姫が「大穴牟遅《おおなむぢ》と結婚する」と言ったことで、怒った兄弟たちに命を狙われるはめになってしまう。八十神たちがどこまでも追ってくるので須佐之男のいる⑬根《ね》の堅洲国《かたすくに》へ向かった大穴牟遅は、須佐之男の娘・須勢理毘売《すせりびめ》と出会い、一目惚れする。須佐之男は大穴牟遅にさまざまな試練を与えるが、大穴牟遅はすべて乗り越えたため、「八十神たちを追い払え。そして大国主神《おおくにぬしのかみ》と名乗り、娘を妻に迎え入れよ。出雲に高天原まで届く宮殿を建ててそこで暮らせ」と命じ、娘との結婚を認めたのだった。その言葉どおり大穴牟遅は兄弟神たちを滅ぼし、⑭葦原《あしはら》の中《なか》つ国《くに》を作ったのである。

その後、大国主神は高天原の古い神・⑮神産巣日《かむむすひ》神の子・⑯少名毘古那神《すくなびこなのかみ》と協力して、葦原の中つ国をさらに豊かな国に育てていった。ところがそれを知った高天原の天照大御神《あまてらすおおみかみ》は「葦原の中つ国は自分の子がおさめるべきだ」と言って⑰建御雷神《たけみかづちのかみ》を地上へ遣わす。大国主神は国を譲り渡すかわりに、⑱出雲に大きな神殿を建ててそこに住むことを願い出た。これによって葦原の中つ国は天津神が治めることになり、天照は孫の邇邇芸命《ににぎのみこと》にその役を任命した。こうして邇邇芸命は、三種《みくさ》の神器《かむだから》と呼ばれる⑲八尺瓊勾玉《やさかにのまがたま》、⑳八咫鏡《やたのかがみ》、㉑草薙《くさなぎ》の剣《つるぎ》を携《たずさ》えて、高千穂《たかちほ》に天下ったのである。

---

⑬地下にある死者の国

⑭天津神の住む高天原に対して、人間たちが住む日本の国土を指す

⑮生命の蘇生復活をつかさどる神

⑯かがいもを半分に割った船に乗り、蛾の皮でできた服を着ているといわれる小さな神

⑰剣の神、武神として崇められている。茨城県の鹿島神宮の祭神

⑱出雲大社。現在の本殿は江戸時代に造営されたもの

⑲天照の岩戸隠れの際、神事に使う祭具を飾るために玉祖命が作った

倭建命《やまとたけるのみこと》の活躍

時は経ち、邇邇芸命《ににぎのみこと》の末息子・山幸彦《やまさちひこ》の孫に当たる伊波礼毘古命《いわれびこのみこと》は、荒ぶる神々を服従させた後、大和㉒の地に橿原宮《かしはらぐう》を築いて初代神武《じんむ》天皇となった。そして第12代景行《けいこう》天皇の時代。天皇から無礼な兄を教え諭《さと》すように言われた息子・小碓命《おうすのみこと》は、問答無用で兄を斬り殺してしまう。小碓命の気性の荒さを恐れた天皇は彼を遠ざけようと、九州の熊曾建《くまそたける》㉓征伐を命じた。小碓命は少女の格好をして宴席に紛れ込み、見事に熊曾建を討ち果たし、それ以後、倭建命《やまとたけるのみこと》と称されるようになる。

　ところが九州から戻った途端、今度は東国《とうごく》の平定《へいてい》を命じられた倭建命。自分は父に疎《うと》まれていると嘆きながらも、叔母の倭比売命《やまとひめのみこと》から授けられた草薙《くさなぎ》の剣《つるぎ》を手に東国へ赴き、次々と国を平定していった。その後、伊吹山《いぶやま》の神を討ち取ろうとした倭建命は、草薙の剣をうっかり忘れて待っていなかったために神の祟《たた》りを受け、体を病んで旅の途中で帰らぬ人となる。遺《のこ》された人々は嘆き悲しみ、墓を築いて彼を弔《とむら》ったが、倭建命の魂は大きな白鳥となって天高く翔《かけ》ていったという。

⑳岩戸に隠れた天照を連れ戻すために石凝姥命が作った鏡

㉑須佐之男がヤマタノオロチを退治したときに入手した剣。熱田神宮に祀られている

㉒現在の奈良県

㉓九州南部に本拠地を置き、王権に抵抗していた豪族

ひとことメモ

『古事記』ではその後、神功天皇の新羅親征や軽太子の悲恋をはじめ、推古天皇の代までの歴史が描かれている

神話

『古事記』とは違う、もうひとつの日本誕生の歴史

日本書紀《にほんしょき》

奈良時代初期　720年

《編者》 舎人親王《とねりしんのう》（ら）	676～735年。飛鳥、奈良時代の皇族で、天武天皇の諸皇子の中でもっとも長生きした。息子は淳仁《じゅんにん》天皇。藤原4兄弟政権の樹立にも協力した。本作は6人の皇族と6人の官人が編纂し、最終的に舎人親王が完成させた。

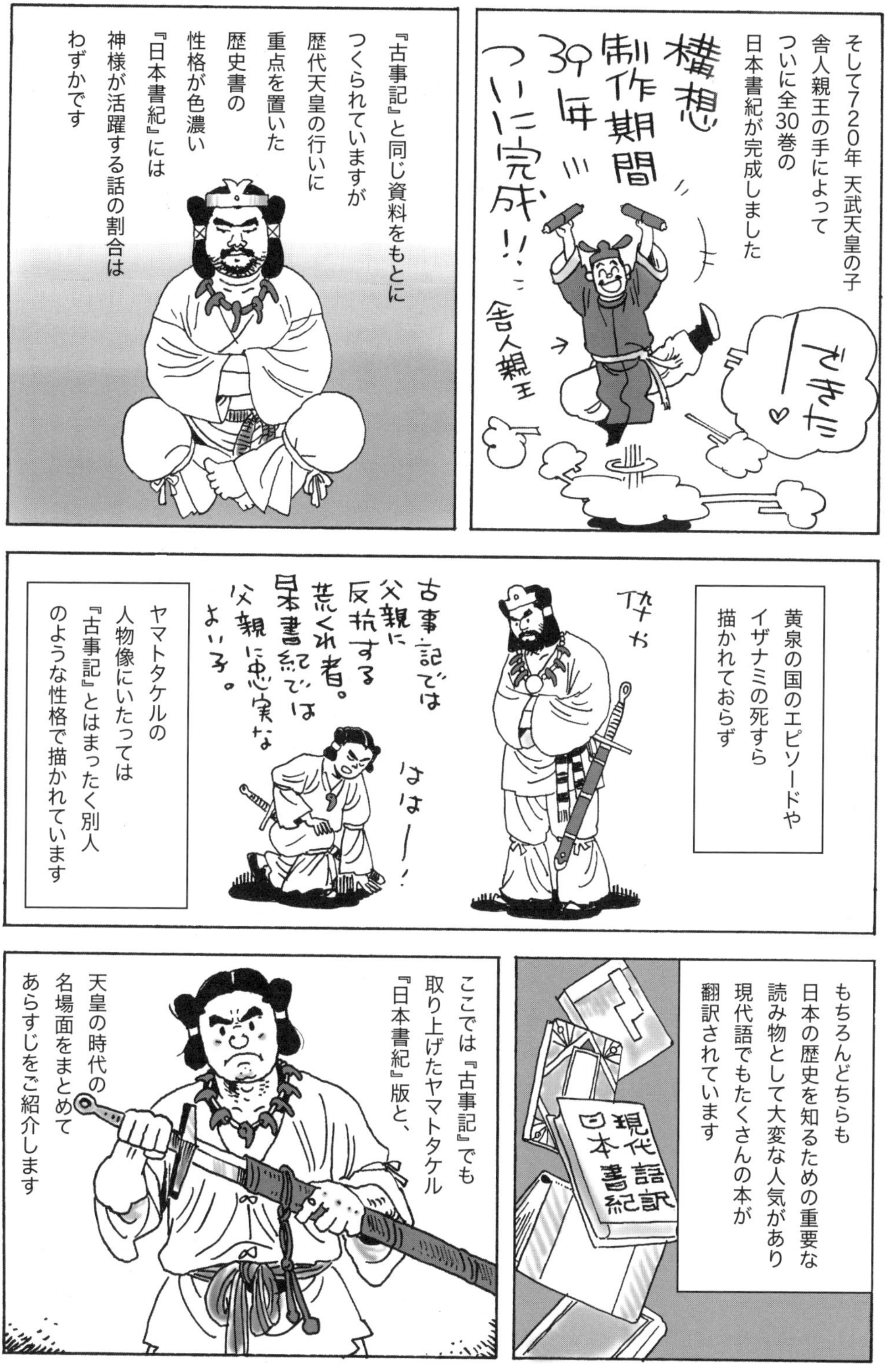
そして720年 天武天皇の子
舎人親王の手によって
ついに全30巻の
日本書紀が完成しました
構想 制作期間 39年…
ついに完成!!
舎人親王
できたーー♡
『古事記』と同じ資料をもとに
つくられていますが
歴代天皇の行いに
重点を置いた
歴史書の
性格が色濃い
『日本書紀』には
神様が活躍する話の割合は
わずかです
黄泉の国のエピソードや
イザナミの死すら
描かれておらず
古事記では
父親に
反抗する
荒くれ者。
日本書紀では
父親に忠実な
よい子。
ははー!
ヤマトタケルの
人物像にいたっては
『古事記』とはまったく別人
のような性格で描かれています
もちろんどちらも
日本の歴史を知るための重要な
読み物として大変な人気があり
現代語でもたくさんの本が
翻訳されています
現代語訳 日本書紀
ここでは『古事記』でも
取り上げたヤマトタケル
『日本書紀』版と、
天皇の時代の
名場面をまとめて
あらすじをご紹介します

磐余彦《いわれびこ》の東征と日本武尊《やまとたけるのみこと》の活躍

葦原《あしはら》の中《なか》つ国《くに》を治めるために高天原《たかまのはら》①から高千穂②に天下った瓊瓊杵尊《ににぎのみこと》③の子孫、磐余彦《いわれびこ》は、天下を安らかに治めるには東の地方も平定しなければならないと考えた。そして45歳のとき、生まれ育った日向国《ひむかのくに》④から3人の兄とともに東征に出発した。途中、難波国《なんばのくに》⑤の長髄彦《ながすねひこ》らの抵抗にあいながらも、天照大神《あまてらすおおみかみ》の遣わした八咫烏《やたがらす》⑥の助けを借りて大和の地を平定した磐余彦は、橿原《かしはら》⑦に都を定め初代・神武《じんむ》天皇として即位する。

時が経ち第12代景行天皇《けいこうてんのう》の時代、九州では熊襲《くまそ》一族による朝廷への抵抗が激しくなっていた。かつて天皇みずから九州へ向かって征伐した熊襲だったが、それから12年が経つころには再び勢力を取り戻していたのだ。そこで鎮圧に遣わされたのが、景行天皇の息子・日本武尊《やまとたけるのみこと》⑧だった。当時まだ16歳だった日本武尊は、熊襲の首領が催した酒宴に少女の格好をして紛れ込み、見事に首領を討ち取った。熊襲平定を報告すると景行天皇はその手柄を讃《たた》え、日本武尊をことのほかかわいがった。

その後、今度は東国で反乱が起こり、景行天皇は日本武尊の兄である大《おお》

---

①天上界にある天津神たちが住む世界

②ここでの「高千穂」の場所は明らかになっておらず、九州の高千穂峡という説もあれば、宮崎県高千穂町だという説もある

③天照大神の孫

④現在の宮崎県と鹿児島県の九州本土部分

⑤現在の大阪府

⑥三本足が特徴の八咫烏は神の遣いとして『古事記』『日本書紀』のどちらにも登場する

⑦現在の奈良県橿原市

⑧『古事記』に登場する倭《やまと》健命《たけるのみこと》と同じだが、まったく異なる性格の持ち主として登場する

碓《うす》に東国平定を命じたが、大碓は恐れて逃げてしまう。そこで日本武尊が再び戦いの旅に出る。途中、別れのあいさつのために寄った伊勢神宮の叔母・倭姫命《やまとひめのみこと》から草薙《くさなぎ》⑨の剣を託され、駿河《するが》⑩へと向かった日本武尊。土地の賊《ぞく》にだまされて危うく焼き殺されそうになるが、草薙の剣で周りの草を払って難を逃れた。また相模《さがみ》⑪から上総《かずさ》⑫へ向かう海上では嵐にあうが、付き従ってきていた后《きさき》の弟橘媛《おとたちばなひめ》が日本武尊の身代わりとして海に身を投げて嵐を鎮《しず》め、なんとか海を渡ることができた。

　こうした幾多の苦難を乗り越え、無事に東国平定を成し遂げた日本武尊は、帰路、五十葺山《いぶきやま》に暴威をふるう神がいると聞き、それを討とうとして山頂へ向かった。しかし草薙の剣を持たずに行ったため神の毒気にあてられ病気になってしまう。病に耐えながら故郷を目指した日本武尊だったが、ついに伊勢国《いせのくに》で力つきて亡くなった。享年30歳。知らせを聞いた景行天皇は昼も夜もなく涙を流し悲しみにくれ、朝廷の役人たちに命じて伊勢の能《の》褒野《ぼの》に日本武尊の墓を作らせた。しかし日本武尊の魂は白鳥となって飛び去っていき、墓のなかには亡骸《なきがら》はなく衣服だけが残されていた。白鳥は大⑬和を目指して飛び、その後、天高く登っていったという。

---

⑨須佐之男がヤマタノオロチを退治したときに入手した剣。熱田神宮に祀られている

⑩現在の静岡県中部と北東部

⑪現在の神奈川県の北東部を除く地域

⑫現在の千葉県中部

⑬現在の奈良県

神功皇后の三韓征伐〜壬申《じんしん》の乱

日本武尊《やまとたけるのみこと》の第2子である第14代仲哀《ちゅうあい》天皇の時代、またしても九州で熊襲《くまそ》の抵抗が強まった。仲哀天皇は討伐のため九州へ向かうが、巫女として政治を助けていた⑭神功《じんぐう》皇后が受けた「海の向こうの⑮新羅《しらぎ》を制圧せよ」という神託を無視して熊襲を攻めたため、戦死してしまう。残された神功皇后は夫の跡を継いで熊襲を征伐。さらに神託に従って新羅《しらぎ》遠征を実行し、新羅・⑯百済《くだら》・⑰高句麗《こうくり》の3国を服従させて三韓征伐《さんかんせいばつ》を成し遂げたのだった。このとき神功皇后が身ごもっていた皇子が第15代の応神《おうじん》天皇である。

応神天皇は政治の基盤を大和から⑱河内《かわち》へ移し、さらにその跡を継いだ仁《にん》徳《とく》天皇は河内平野の水害を防ぐための治水事業を行った。仁徳天皇は、人家の竈《かまど》から煙があがらない様子を見て人々の困窮を知り、3年にわたって税金と労役を免除するなどの仁政を行い、「聖帝《せいてい》」と称えられている。

第29代欽明《きんめい》天皇の時代、百済から仏教が伝来した。そこで勃発したのが渡来系の人々とつながりの深い崇仏派《すうぶつは》の蘇我稲目《そがのいなめ》と神道を支持する廃仏派の物部尾輿《もののべのおこし》による⑲「崇仏論争《すうぶつろんそう》」である。この対立は各々の息子、蘇我馬子《そがのうまこ》

---

⑭神功皇后は卑弥呼と同一人物という説もある。神功皇后紀には、魏志倭人伝からの引用として「倭の女王が魏の皇帝に貢物を差し出した」という記述がある。また、卑弥呼と同一人物といわれている人物はほかにもおり、日本武尊の叔母の倭姫や、ここでは紹介しなかった倭迹迹日百襲姫（崇神天皇を支えた女性）が挙げられている

⑮朝鮮半島南東部に存在し、12の小国で成り立っていた古代国家

⑯朝鮮半島南西部に存在し、約50の小国で成り立っていた古代国家

⑰朝鮮半島北部に存在した古代国家

⑱現在の大阪府東部

と物部守屋《もののべのもりや》の代でさらに激化し、戦争にまで発展する。その戦いで守屋が戦死し、物部氏は没落。蘇我氏が朝廷での権力を握ることとなった。

　第33代の推古《すいこ》天皇は日本初の女帝であった。蘇我氏の血筋を持つこの天皇は、蘇我馬子と厩戸皇子《うまやどのみこ》⑳を徴用。特に厩戸皇子は「冠位十二階」㉑や「憲法十七条」㉒などを制定し、天皇を中心とした中央集権国家確立をおし進めた。しかし厩戸皇子と蘇我馬子の死後、馬子の息子・蝦夷《えみし》とその子の入鹿《いるか》は権力を欲しいままにし、政治は荒廃していった。そこで中臣鎌足《なかとみのかまたり》と中大兄皇子《なかのおおえのおうじ》を中心に反蘇我氏のクーデターが実行され、蘇我氏は滅亡する。「乙巳《いっし》の変」と呼ばれるこの事件の後、政治の実権を握った中大兄皇子は「大化の改新」として様々な改革を断行し、天皇中心の支配体制を確立していった。唐《とう》と新羅に滅ぼされた百済の再興を助けるために朝鮮に出兵したものの大敗を喫した白村江《はくすきのえ》の戦いなどを経て、乙巳の変から23年後、中大兄皇子はようやく第38代天智《てんじ》天皇として即位した。

　天智天皇の死後、息子の大友皇子《おおとものみこ》が第39代弘文《こうぶん》天皇として即位すると、天智天皇の弟で次期天皇と目されていた大海人皇子《おおあまのみこ》が挙兵して壬申《じんしん》の乱が勃発。勝利した大海人皇子は第40代天武《てんむ》天皇となったのである。

---

⑲仏教伝来にちなんだ思想の対立だが、以前から権力を持っていた蘇我氏と新興勢力の物部氏との権力争いという側面もある

⑳聖徳太子と同一人物だが、『日本書紀』にはその名は出てこない

㉑徳・仁・礼・信・義・智を大小にわけ、12階とし、それぞれ色の異なる冠で区別した。身分にとらわれずに優秀な人物を役人に登用することを目指した

㉒役人や貴族への道徳的な教義で、儒教や仏教だけではなく法家や道教の思想の影響もみられる

説話集

仏教的な因果応報を説く、日本で最初の説話集

日《に》本《ほん》霊《りょう》異《い》記《き》

平安時代初期　822年ごろ

《作者》
景戒《きょうかい》

生没年不詳。奈良の薬師寺の僧だが、出自、生い立ちは不詳。本作には私度僧（国の許可のない僧侶）の話が多く、景戒自身も僧侶の身でありながら妻子や馬を所有していたため、半僧半俗の生活だったといわれている。

日本最初の
仏教説話集である
『日本霊異記』は
南都薬師寺の景戒という
僧によって書かれ
飢えと病が蔓延していた
当時の世の中の不安が
反映されています
収録された内容の
ほとんどが
怪奇に満ちたものばかりで

当時の庶民に口伝えで
噂されていた霊異談なども
登場します
年代や地名　人名などが
はっきり示されているものは
現実の事件を記録する
意味合いもあったようです
「橘の朝臣諸楽麻呂《ならまろ》謀反企て
僧の黒き眼を射る術をまねぶ」の図
また
人々の生活を導くための
教戒となることを
目指した作品でもあるため
仏法の功徳や因果が平易に
説かれております
悪行すると来世は牛になりますよ
ひーー！
出家した僧尼らに
説法の教本としても
愛用され
やがては口コミで
広く民衆に知られる
作品となりました
ここではそうした
怪異に満ちた逸話から
いくつかを選び
ご紹介します
夢で吉祥天と交わる話がある。
ききき吉祥天さま

上巻・第1 雷《いかづち》を捉《とら》ふる縁《えん》

ある夜、雄略天皇《ゆうりゃくてんのう》①と后がことに及んでいる最中の部屋に意図せず踏み込んでしまった小子部栖軽《ちいさこべのすがる》。不意をつかれた天皇は照れ隠しのため、その瞬間に空で鳴り響いた雷を呼んでくるよう栖軽に命じる。馬を走らせた栖軽は、落ちている雷を見つけ宮殿へ運んだ。栖軽の死後、彼の墓には「雷《いかづち》を捉えた栖軽の墓」と書かれた柱が立てられた。それを知った雷は怒って柱に突進したが、引き裂いた柱に挟まれてしまい、柱から引き出されて放心状態で7日7夜、地上をさまよった。そして天皇は新しい柱に「生きても死んでも雷を捉えた栖軽の墓」と碑文を書いたのだった。

上巻・第9 嬰児《みどりご》、鷲《わし》にとられ、他国にて父に逢ふことを得る縁《えん》

ある年の春、但馬国七美郡《たじまのくにしづみのこおり》②の山里の家から女の赤ちゃんが鷲《わし》にさらわれてしまった。両親は手を尽くして娘を探したが見つからない。それから8年後、父親は用事があって丹波国《たんばのくに》③の奥地、加佐郡《かさのこおり》④を訪れ、とある家に泊め

---

①5世紀後半に即位した第21代天皇

②現在の兵庫県美方郡

③現在の京都府中部、兵庫県の一部

④舞鶴湾の南、由良川のあたり

てもらうことになった。足を洗おうと井戸端へ行くと、その家の召使いの少女が村の娘たちに「おまえは鷲《わし》の食い残し」とはやしたてられていた。主人に理由を聞くと、その娘は昔、鷲がどこからか運んできてヒナのえさにしようとしたのを主人が助け、育ててきたという。父親は少女が自分の娘だとわかり、泣きながら我が子を抱きしめたのだった。

中巻・第3 悪逆《あくぎゃく》の子、妻を愛で、母を殺さむとして謀《はか》り、現に悪死《あくし》を被《かぶ》る縁《えん》

防人《さきもり》⑤として筑紫《ちくし》⑥へ派遣された吉志火麻呂《きしのひまろ》には、故郷に結婚したばかりの愛しい妻がいた。彼は3年の任期が待ちきれず、従者として共に筑紫へ来ている自分の母が死ねば、喪に服すために故郷へ帰って妻に会えると考え、母をだまして山中へ連れ出し殺そうとする。彼が母の首めがけて太刀を振り下ろした瞬間、大地が裂け、息子は地中に落ちていった。とっさに立ち上がり息子の髪をつかんだ母は天に向かって「この子は魔物にとりつかれているのです。どうか罪を許してやってください」と懇願したが、息子は奈落の底に吸い込まれ、母の手には息子の髪の毛が1束残されたという。

---

⑤国境を守るために派遣された兵士

⑥現在の福岡県の東部を除いた大部分

中巻・第6　至誠心《しじょうしん》に法華経《ほけきょう》を写し奉り、験ありて異事を示す縁《えん》

聖武天皇《しょうむてんのう》⑦の御代、山城国相楽郡《やましろのくにさがらかのこおり》⑧に善行を積もうと誓いを立てた人がいた。法華経⑨を書き写し、それをおさめる箱を作るために貴重な白檀《びゃくだん》や紫檀《したん》の木を手に入れて、細工師に経の大きさを測って箱を作らせたが、経を入れようとしたところ長くておさめられない。箱の材料は二度と手に入らない貴重なものだったので、写経の主はたいそう残念がった。そこで法華経の教えにのっとって21日間「もう一度、材料の木をください」と祈ったあとに作った箱へ、ふたたび経を入れてみると今度はうまく収められた。法華経が不思議な力を示し、写経の主の信心深さをためしたのであろう。

中巻・第20　悪夢に依《よ》りて、至誠心に奇表を示して、命を全くすることを得る縁《えん》

大和国添上郡《やまとのくにそうのかみのこおり》⑩に年老いた母と娘がいた。娘は役人の夫が地方へ派遣されることになり、2人の子どもと一緒に任命地へ赴いた。ある晩、故郷の母は娘に悪いことが起きる夢を見た。娘のために僧侶に読経してもらおうと

---

⑦8世紀前半に即位した第45代天皇

⑧現在の京都府相楽郡

⑨大乗仏教の最も重要な経典

⑩現在の奈良市帯解付近

思ったが、貧しくてお金が工面できない。そこで母は自分の着ている衣を脱いで洗い清め、それを謝礼として読経をお願いした。ある日、娘が家の中にいると、庭で遊んでいた子どもたちが「屋根の上にお坊さんがいてお経を読んでいるよ」と言うので不思議に思って家を出ると、突然それまでいた場所の壁が倒れてきた。読経の力が娘の命を救ったのである。

下巻・第23　寺の物を用い、また大般若を写さむと願を建て、もちて現に善悪の報を得る縁《えん》

信濃国小県郡嬢《しなののくにちいさがたのこおりおんな》[11]の里に住む大伴連忍勝《おおとものむらじおしかつ》は、里にお堂を作り、仏道を目指して大般若経《だいはんにゃきょう》[12]を写経しようとしていたが、突然誰かに殺されてしまう。しかし、火葬されずに奉られていた忍勝は5日後に生き返ってこう語った。

「私が生き返ったのは大般若経を写そうと願を立てていた善行によるものだ。しかし私はお堂の物品を勝手に使用したために身を滅ぼしたのだ」。大般若経で、「銭一文を利子として毎日2倍にして行くと20日後には174万3貫968文にもなる。たった一文であっても勝手に使ってはいけない」と述べられているのは、このことをいう。

⑪現在の長野県小県郡の上田市付近

⑫唐の玄奘《げんじょう》が訳した大乗仏教の経典

説話集

各地のあらゆる説話が盛り込まれたオムニバス集

今《こん》昔《じゃく》物《もの》語《がたり》集《しゅう》

平安時代後期　1120年以後

《編者》
未詳

古くから宇《う》治《じ》大《だい》納《な》言《ごん》源《みなもとの》隆国《たかのくに》が編集したといわれているが、現在その説はほぼ否定されている。他にも白河天皇の庇護下の僧侶たちによってに書かれたという説もあるが、資料的根拠はどれも皆無で、謎に包まれている。

『今昔物語集』が編纂された
平安時代末期は
中央で政治を行っていた
貴族の暮らしが
華やかさを増す一方
貧しい庶民の生活は
過酷を極めていました
各地の武士は
腐敗した
政治の実権を
手にする
ために
日夜
武力による
覇権争いを
続けていましたが
大多数の貧しい庶民たちは
そうした苦しい生活に
少しでも楽しめるような
娯楽を求めていました
やがて中国やインドから伝えられた
仏教の教えが僧を通じて
庶民にも広まりはじめます

また各地で
人々が元気づけられる話や
笑いを誘う滑稽話が
噂として伝わりました
そうしたお話
およそ1000本が
何者かの手によって
まとめられたものが
この『今昔物語集』です
ここには恋愛話や怪談
笑い話や悲劇に
いたるまで
当時の平安の世に
生きていた人物が
たくさん登場します
かの芥川龍之介も
この説話集には
多大な関心を寄せており
脚色して書かれたものが
あの「羅生門」や
「芋粥」であることは
よく知られています
今回は　その中でも特に当時の
雰囲気を伝えている世俗話から
その一部をご紹介しましょう

巻10-21 長安《ちょうあん》の女、夫に代わりて枕を違へて敵のために殺されたる語《こと》

今は昔の話だが、①長安《ちょうあん》にひとりの女がいた。ある日、夫を殺しに来た敵に「亭主を出さねばおまえの親父の命をもらう」と言われた女は「主人がいないから父を殺すなんて無茶です。毎晩主人は東枕、私は西枕で寝ていますから、夜に出直してきて主人を殺してください」と頼んだ。その後帰宅した夫に、女は「今夜は私が東枕に寝ます。あなたは西枕で休んでください」と枕を取り替えて横になった。やがて再び女の家に忍び込んだ敵は、東枕で眠る妻を夫だと思い込み、殺してしまう。後で夫の身代わりに女が死んだことを知った敵は、女の献身に感動して夫と骨肉の契りを結んだ。

巻24-23 源博雅朝臣《みなもとのひろまさあそん》、逢坂《おうさか》の盲の許に通う語《こと》

今は昔の話だが、②源博雅朝臣《みなもとのひろまさあそん》という人がいた。琵琶の道を一途に求める彼は、③逢坂《おうさか》の関《せき》に住む④蝉丸《せみまる》という盲人が琵琶の名人であると聞き、蝉丸を京へ呼ぶも、庵から出て来ようとはしない。そこで博雅は夜な夜な蝉丸の

---

①中国の古都。前漢、北周、隋などの首都であった。現在の陝西省西安市

②平安時代中期の雅楽家。醍醐天皇の孫

③山城国（現在の京都府南部）と近江国（現在の滋賀県）の国境にあった関所

④平安時代前期の非常に名高い歌人

庵に出かけては、蝉丸だけが知っている秘曲、「流泉《りゅうせん》⑤」「啄木《たくぼく》」の演奏を待ち続けた。蝉丸の庵に通い始めて3年目の8月15日の夜、ようやく蝉丸と言葉を交わすことのできた博雅は、口伝えで「流泉」「啄木」を習った。熱心な博雅は、夜明け方に都へ帰ったという。芸の道とはこのように一途に励むべきである。これが「盲琵琶⑥」の始まりであると伝えられている。

巻24-30 藤原為時《ふじわらのためとき》、詩を作りて越前守《えちぜんのかみ》に任ぜらるる語《こと》

今は昔の話だが、藤原為時《ふじわらのためとき》⑦という人がいた。一条天皇《いちじょうてんのう》⑧の時代に受領《ずりょう》⑨のポストを希望したが、欠員がないために却下された。失望した為時は翌年、内侍《ないし》⑩を通じ、任官を申請する文書に以下の漢詩を書き添えて差し上げた。

⑪「苦学ノ寒夜《かんや》。紅涙襟《こうるいえり》ヲ霑《うるほ》ス。除目《じもく》ノ後朝《こうてう》。蒼天眼《そうてんまなこ》ニ在《あ》リ」

為時の漢詩に感動した藤原道長《ふじわらのみちなが》は、天皇がこの詩をご覧になっていないことを知り、すぐにお見せした。この詩を読んだ天皇もまた深く感動し、為時を越前守《えちぜんのかみ》のポストに変更したのであった。詩句によって人事が修正されたと世間では大変な評判になったと伝えられている。

---

⑤平安時代の琵琶の曲名。「楊真藻《ようしんそう》」とともに三秘曲といわれている

⑥盲僧が琵琶を伴奏に経文を読む、音楽の一種。紀元は奈良時代という説もある

⑦紫式部の父親。非常に優れた漢詩人であった

⑧平安時代中期の第66代天皇。中宮に定子・彰子がいる

⑨地方国の長官

⑩天皇の女性秘書的な存在

⑪「夜の寒さに耐えながら、勉学に励んだというのに、人事で希望の職に就けなかった。失望のあまり目から血の涙が流れ、着物の襟を赤く濡らした。翌朝、目にしみるような空の青さが目にうつるばかりだった」

巻28-8 木寺《きてら》の基僧《きぞう》、物咎《ものとが》めに依《よ》り異名付く語《こと》

今は昔の話だが、⑪一条摂政殿《いちじょうのせっしょうどの》が⑫季《き》の御読経《みどきょう》を行ったとき、⑬山、寺、奈良のすぐれた学生たちを招いた。「木寺《きでら》の基増《きぞう》」という僧侶が山階寺《やましなでら》の僧・中算が山や池などの趣深い様子を見て「木立《こだち》」を「きだち」と発音するのを耳にし、「奈良の法師は口のきき方が下品だ」とたしなめた。すると中算が「ではおまえの名は小寺《こでら》の小僧《こぞう》だ」と言い返したので、一同は大笑い。やりとりを聞いた摂政殿の「言い間違いもすべて中算の計略だ」という説明に僧侶たちはさらに笑い、基増《きぞう》には「こでらのこぞう」というあだ名がついた。くだらない応酬でいやなあだ名をつけられて、基増は悔しがった。

巻30-9 信濃国《しなののくに》に姨母《おば》を山に棄《すて》る語《こと》

今は昔の話だが、⑭信濃国《しなののくに》の更科《さらしな》にある夫婦が住んでいた。夫の叔母にあたる老女を引き取って世話をしていたが、叔母を嫌う妻に「深い山中に捨てて来い」と責められた夫は、ある夜、遠く離れた高い山に叔母を置き去

---

⑪藤原伊尹《ふじわらのこれまさ》。藤原道長の伯父

⑫春と秋の2回行う仏事のこと

⑬延暦寺、三井寺、興福寺のこと

⑭現在の長野県更科

りにした。しかし家に戻っても夫の悲しみは晴れず、こんな歌を詠んだ。

「⑮我が心なぐさめかねつさらしなや をばすて山に照る月を見て」

男は再び山に登り、叔母を家に連れて帰ってきた。そして元どおり叔母の世話をした。妻の言いなりになって思慮のない行動に走るのはよくない。以来この山は「⑯冠山《かんむりやま》」ではなく「おばすて山」と呼ばれるようになった。

巻30-5 身貧しき男を去る妻、摂津守《せっつのかみ》の妻となる語《こと》

今は昔の話だが、京にうだつのあがらない男がいた。男は若くて美しい妻に「2人が夫婦でいることが悪運のもとかも知れない」と言い捨てて、別れてしまった。妻は奉公先の主人の寵愛を受け、やがて⑰摂津守《せっつのかみ》に任じられた主人の妻として幸せに暮らした。一方、夫は零落の一途をたどった。京を追われ、摂津国《せっつのくに》に流れ着いた男は卑しい農夫になった。妻はある日、落ちぶれた夫が葦を刈る姿を偶然見て世話を焼いたが、男は女が妻であることに気づき、葦刈りもやめて行方をくらましてしまった。すべては前世からの宿縁であるが、人はそれを知らずにわが身の不運を恨むものである。

---

⑮「叔母を捨てた山を照らす月を見ると、私の心はやるせなくなる」

⑯冠の巾子に似ていたため、以前は「冠山」と呼ばれていた

⑰摂津国（現在の大阪府の一部と兵庫県南東部）の長官

説話集

庶民感覚の愉快で滑稽な世俗説話集

宇《う》治《じ》拾《しゅう》遺《い》物《もの》語《がたり》

鎌倉時代前期　1213〜19年ごろ

《編者》 **未詳**	『今昔物語集』と重複する逸話が数多くあるため、源隆国《みなもとのたかくに》という説があるが、資料的根拠はない。また、源隆国が編纂した説話集から漏れ出た逸話がひ孫の侍従、俊貞《としさだ》に伝わり、それを拾い集めて編纂したという説もある。

今は残されていない『宇治大納言物語』から漏れた話を「拾い集めた」といわれている『宇治拾遺物語』が成立したのは鎌倉時代初期のことです
（宇治大納言というのは平安後期の公卿である源隆国のこと）
収録話数は197話 1000話以上ある『今昔物語集』に比べるとずいぶん話数が少ないうえ
そのうち実に148話が「今は昔」という書き出しではじまります…
あれ？ どっかで聞いたことあるよーな…
しかも『今昔物語集』とほとんど同じ話が82話もあるだけでなくその他の説話集などから流用しているものが多くオリジナルの説話は54話しかありません
宇治拾遺物語
今昔物語
28話もネタかぶってんのか！

序章ではおよそこんなことが述べられています「インドの話もあるし中国の話もあるし日本の話もある」
「汚い話もあるし眉唾物の話もあれば滑稽話もあって……とにかくいろいろだ」
「なんだそれ！」と思われるかもしれませんが本当にいろいろな話が収録されており
道徳的な話よりも笑い話やひわいな話愚痴や怪談奇談が盛りだくさんで
不思議と飽きずに読めてしまうのがこの『宇治拾遺物語』の面白いところです
後世まで人気を維持しています
ちなみに有名な昔話の「こぶとりじいさん」「わらしべ長者」「雀の恩返し」なども
この『宇治拾遺物語』に収録されています

巻1・第10　秦兼久《はたのかねひさ》、通俊卿《みちとし》の許に向ひて悪口の事

今は昔の話だが、歌人・藤原通俊《ふじわらのみちとし》①が後拾遺和歌集《ごしゅういわかしゅう》②の歌を選出する際、秦《はたの》兼久《かねひさ》という人物が「自分の歌は選ばれるだろうか」とわざわざ通俊のところへ問い合わせにやって来た。しかし通俊は、兼久の歌をあまり誉めなかった。怒った兼久は侍所《さむらいどころ》③へ行き、通俊に批判された「花こそ」という言葉を用い、自分の歌に似ていた藤原公任《ふじわらのきんとう》④の歌を引き合いに出して「こんなに歌のわからない男が、歌集の選者になるなんてとんでもないことだ」と通俊の悪口を言い募《つの》った。家来からその話を聞いた通俊は自分の誤りに気づき、「そうだった。もう何も言うな」と口止めした。

巻1・第12　児の掻餅《かいもち》するに空寝したる事

その昔、比叡山に小僧がいた。僧侶たちが夜の暇つぶしに掻餅《かいもち》⑤を作ろうと言い出したので、小僧は内心喜んだものの、出来上がりを待って夜更かしするのもよくないと思い、寝たふりをしていた。掻餅ができ、僧侶のひ

---

①平安時代後期の歌人。白河天皇の歌壇で活躍し、後拾遺和歌集の撰出を行った

②1086年に成立した和歌集で、1220首収録。撰者が若い歌人だったことなどから、当時から批判も多かったという

③家来たちが集まるところ

④和歌や漢詩に優れた才能を発揮した貴族。ここでは、兼久が通俊に言葉の選び方を批判されたのだが、『拾遺和歌集』に選出されている公任の有名な歌にも同じ言葉が使われていることを、兼久は指摘している

⑤ぼたもち

とりが声をかけてくれたのだが、すぐに返事をしたら待ち構えていたように思われると考えた小僧は、もう一度呼ばれてから起きようと狸寝入りを続けた。するとほかの僧侶が「よく眠っているのだから、起こさないほうがいい」と言った。小僧はどうにも我慢できなくなり、かなり時間が経ってから返事をしたので僧侶たちに大笑いされた。

巻3・第6 絵仏師良秀《よしひで》、家の焼くるを見て喜ぶ事

その昔、絵仏師・良秀《よしひで》の家が焼けた。しかし良秀は悲しむこともなく、燃えていく家を平然と眺めていた。時にはうなずいたり笑ったりしてのんびりと構えている良秀のことを、人々は気でも狂ったのかとたしなめた。するとと良秀は、不動尊の背負う火焔《かえん》がどういうものか、今はっきりとこの目で確かめることができたと言う。仏様の真の姿を描くことさえできれば、家などいくらでも建てられる。たいした才能のない者ほど物を惜しみ、うろたえるのだと傲然《ごうぜん》と言い放った。その後、良秀の描く「よぢり不動」はまさに真に迫るものだと、今でも人々にありがたがられている。

巻5・第12 清水寺に二千度参り双六に打ち入るる事

その昔、双六《すごろく》で大敗した侍が、何も渡せるものがないので「かつて清水寺に2000度お参りした実績」を提案した。勝った相手は「では3日間身を清めた後に清水寺で受け取ろう」と快諾した。負けた侍は「こんなバカがいたなんて」と思いながら、喜んで一緒に清水寺へ行き、請われるままに証文を渡した。その後、双六に負けた侍は思いがけないことで捕えられ牢に入れられる身となった。勝った侍は、すばらしい妻を得て裕福になり、出世した。「目に見えないものを信じ、大事に受け取ろうとした誠実な態度に、仏様も感心されたのだ」と、人々は言いあった。

巻13・第2 元輔落馬の事

その昔、⑥清原元輔《きよはらのもとすけ》という歌人が⑦内蔵助《くらのすけ》となり、⑧賀茂祭《かもまつり》の⑨勅使を務めたときのこと。人前で格好をつけた元輔は、馬をあおったあげく落馬して冠を落とし、禿頭《はげあたま》をさらしてしまった。元輔はみずからそれをネタにして「落

⑥清少納言の父。とても優れた歌人で、清少納言の『枕草子』にも「父が優れた歌人なので自分は歌を詠みたくない」というエピソードが登場する

馬も冠が落ちるのも、年老いて髪の毛が抜けてしまうのも仕方のないことで、恥ずかしいことではない。前例もたくさんある。事情も知らず大笑いする若い人こそ愚かだ」と言って逆に人々を笑わせた。「こうして道理を聞かせたからこそ、後々の物笑いの種にはならないだろう」と従者に説いた元輔とは、大変に世慣れた、ひょうきんな人物だったのだ。

巻13・第5 夢買ふ人の事

その昔、備中国《びっちゅうのくに》⑩にひきのまき人という者がいた。若いころ、「大臣まで出世する」という国司《くにのかみ》⑪の御曹司が見た夢を聞いたまき人は、夢占いの女に「国司は4年過ぎれば都へ帰る。ずっとこの国にいる私を大切に思って、あの男の夢を譲ってほしい」と頼んだ。「では御曹司の話した夢を寸分たがわず話してください」と言う女に従って、まき人は夢語りをした。やがてまき人は学者として名を馳せ、その才能が認められて遣唐使に選ばれ、後には大臣となった。一方、夢を買われた御曹司は、鳴かず飛ばずの生涯だったと聞く。夢は人に聞かせてはならないという言い伝えである。

---

⑦祭祀の奉幣などをつかさどっていた官司の次官

⑧京都の上賀茂神社と下鴨神社の祭礼。京都三大祭りのひとつで、葵祭とも呼ばれる

⑨天皇の命令を伝える使者

⑩現在の岡山県西部

⑪地方の長官

Column

『古事記』『日本書紀』に登場する神々ゆかりの地をめぐろう

第1章の『古事記』『日本書紀』に登場した神々にゆかりのある神社は、西日本を中心にたくさん存在します。

三重県の伊勢神宮は、その代表格といえるでしょう。天照御大神《あまてらすおおみかみ》が内宮《ないくう》に鎮座しており、日本武尊《やまとたけるのみこと》が倭姫命《やまとひめのみこと》から草薙《くさなぎ》の剣を託されたのも、ここ伊勢神宮です。

その草薙の剣をご神体にしているのが、愛知県にある熱田神宮です。草薙の剣は皇室の権威の象徴である「三種の神器」のひとつであるため、熱田神宮は伊勢神宮に次ぐ神格を与えられています。

また、大国主命《おおくにぬしのみこと》が出雲《いづも》に建てたのが島根県の出雲大社。一説では、かつて本殿の高さは48mもあったといわれています。

同じく島根県には、ヤマタノオロチを退治した須佐之男《すさのお》が建てた須我神社《すがじんじゃ》があります。前に挙げた3つの神社と比べると、規模も知名度も高くはありませんが、この宮を建てるときに須佐之男が詠んだ和歌は、日本初の和歌として知られています。神話を知ることで、神社めぐりがきっと楽しくなるでしょう。

第2章

日記・随筆

土佐日記
蜻蛉日記
枕草子
和泉式部日記
方丈記
十六夜日記
徒然草
玉勝間

日記 女になりすまして旅路を記した、日本最古の日記文学

土佐日記《とさにっき》

平安時代前期 935年ごろ

《作者》
紀貫之《きのつらゆき》

生年不詳〜945年。平安時代の代表的な歌人で学者。『古今和歌集《こきんわかしゅう》』の選者のひとりで、数々の勅撰和歌集に入集している。『竹取物語《たけとりものがたり》』作者とも推定されているが確証はない。土佐守になり、任地に赴任した。

読む前に知っておきたい！『土佐日記』

平安時代の宮廷歌人である紀貫之《きのつらゆき》の『土佐日記』は、日本最古の日記文学と呼ばれています。日記は奈良時代からありましたが、儀式記録など公的な備忘録であり、男性が漢文体で書くものでした。しかし、貫之はあえて、当時女性的で私的とみなされていたかな文字を使用し、女性になりすましてこの作品を執筆しました。漢文は記録には適していますが、感情の表現には限界があったという説もあります。

日記は、任期を終えた土佐国司《とさのくにのかみ》の侍女《じじょ》という立場で、京に戻るまでの55日間の旅を1日も欠かさずに綴られています。中心となっているのは土佐で亡くした娘への哀惜の情で、貫之の悲しみが胸に迫ります。また、船旅をはばむ波風や強欲で一筋縄ではいかない舵取り、海賊に狙われる恐怖など、簡潔で機知に富んだ文章に57首の和歌を取り入れて生き生きと描かれています。大歌人貫之が60歳を過ぎて生み出した新ジャンルは、のちの王朝女流文学にも影響を与えました。

紀貫之は『古今和歌集』の撰者もつとめ三十六歌仙にも数えられている一流歌人です
ほうほけきょ
さらさらら
さまざまな歌集に計435の歌が選ばれておりその数はほかの歌人と比べてもダントツ
そんな風雅なイメージの貫之の幼名はなんと「阿古屎《あこくそ》（うんこの意）」現代ではちょっと考えられません…
オッス おら あこくそ！
昔は魔をさける為に子供にわざと不浄の名をつけることはよくあったそうです。
さて『土佐日記』の最たる特徴といえば「女性のふりをして書いている日記」だということにつきます
元祖ネカマ文学。
男の人がやってるみたいにあたしも日記っていうのを書いてみたりして♥
てへ☆
最も心をこめて描かれているのは亡くした娘を偲《しの》ぶ心情や旅の儚さを憂う繊細な旅情で
貫之の見事な和歌と物語で構成されています
次のページからはそれがよくわかる旅中の箇所と帰京して慣れ親しんだ家に到着した箇所をご紹介いたします

旅のはじまり〜帰京

①土佐の守《かみ》を務めていた私②は任期を終えて都に帰ることになった。
4、5年間暮らしてきた土地から離れることとなり、慣れ親しんだ人たちと宴会をしたり、歌を送り合ったりした後で送り出された。都への旅は船旅であり、大津から乗船する。慌ただしい出発の中でも思い出されるのは、京で生まれた女の子が赴任中に亡くなってしまったことである。
海賊に襲われるのではないかと心配しながら船旅は続く。幼い男の子が「船に乗っていると山が動いて見える」と歌に詠んでいるのがかわいらしい。また、幼い女の子も無事に船旅が終わることを祈って歌を詠んだ。

その後、嵐のために船を出せない日があった。船着き場にはさまざまな種類の貝や石が落ちている。この様子を見て、ある人は
「寄する波打ちも寄せなむわが恋ふる ③人忘れ貝下りて拾はむ」

(寄せる波よ、打ち寄せなさい。そうすれば、私の恋い慕《した》う人を忘れさせてくれるという忘れ貝を浜で拾います)

と詠んだ。これを聞いて、またある人④はこう詠んだ。

---

①土佐国（現在の高知県）の長官。任期は基本的に4年間とされていた

②作者・紀貫之。女になりすまして仮名文字で本作を書いた

③拾えば恋しい人を忘れることができるといわれていた貝

④ここでは作者自身を指している

「忘れ貝拾ひしもせじ白珠《しらたま》を 恋ふるをだにもかたみと思はむ」

（私は忘れ貝を拾いません。白珠のようにかわいかったあの子のことを思い出していたいのです）

亡き子のことを思った歌だ。よその人は「白珠というほどかわいくはない」と笑うかもしれない。しかし、「死んだ子は顔立ちがよかった」という諺《ことわざ》のように、私はあの子のことを思い出さずにはいられないのである。

帰京はうれしいことだが、家に着いてみるとすっかり荒れ果てていた。管理をお願いしていた人の心も荒れてしまったのだろう。こうして帰ってきても、思い出すのは亡き子のこと。この家で生まれた子が一緒に帰ってこないのは、なんと悲しいことだろう。親しい人と2人、ひっそりと亡き子を偲《しの》ぶ歌を詠み交わした。1句詠んでも詠み足らず、もう1句詠んだ。

「見し人の松の千年に見ましかば 遠く悲しき別れせましや」

（亡き子が1000年の寿命を持つ松のようであったならば、こんな悲しい別れはなかったのに）

とにかく残念なことが多く、言い尽くせない。この日記はすぐに破ってしまおうと思うのである。

---

⑤真珠。亡き子のことを真珠にたとえている

夫への愛と苦悩に満ちたある女の日記

蜻蛉日記《かげろうにっき》

平安時代中期　974年以後か

《作者》
藤原道綱母《ふじわらみちつなのはは》

936ごろ〜995年。藤原兼家《ふじわらのかねいえ》と結婚し、後に右大将《うだいしょう》となる道綱《みちつな》を生む。「日本でもっとも美しい女性３人（本朝三美人）」のひとりといわれていた。姪は『更級《さらしな》日記』の作者、菅原孝標女《すがわらのたかすえのむすめ》。

読む前に知っておきたい！『蜻蛉日記』

『蜻蛉日記』は、『大鏡』にもその名が記されている我が国初の女流日記文学です。作者は中流貴族である受領《ずりょう》の娘ですが、和歌の名手で3代美女の誉れも高く、右大臣藤原師輔《ふじわらのもろすけ》の3男兼家《かねいえ》の求婚を受けて、翌年には道綱《みちつな》を生みます。

いわゆる玉の輿なのですが、当時は一夫多妻制の通い婚。正妻でない作者は、ひたすら夫を待ち浮気相手に嫉妬します。また、「なげきつつひとり寝る夜のあくる間は　いかに久しきものとかは知る」という有名な和歌は、百人一首にも収録された名歌で、作品をとおして赤裸々な苦悩とその果てに達した境地が綴られています。

フィクションを折り混ぜて自由に書かれた『土佐日記』に対して、『蜻蛉日記』は他人に読まれることを意識して克明に記録された、〝平安版玉の輿《こし》20年記〟といったドキュメンタリーで、悩み傷つくことも多いなかで、自分をみつめて生きる道を求める姿勢に共感できる作品です。

久しぶりに彼氏に会えて
嬉しいはずなのに
素直になれず
ケンカしてしまう女性って
けっこういますよね
きーっ
なんでこーなるのよ
じゃあなー
藤原道綱母も
まさにそんな女性でした
才色兼備な女性だったのですが
恋愛は達者では
なかったようで…
ムキー!!
彼女が19歳のとき
藤原兼家の猛アタックで
結婚しましたが
当時は一夫多妻制
好きだ!!
ケッコンしてくれ
結婚前
あー すまん
仕事忙しくて会えねーわ
結婚後
正妻ではない彼女は
兼家が家に
やってくるのを
ひたすら待つ身です
しかも兼家は浮気性――
次から次へと女に手を出し
最終的には9人と結婚
お前が
どうしてもって
言うなら
今夜一緒にいて
やってもいいぜ?
カチーン
どーせもう
わたしのことなんて
何とも思って
ないんでしょ?
だれが引きとめる
もんですか
ムッ
なんだよ
かわいくねーなー
さっさとカワイイ彼女んとこかえれば?
まあこんな調子
そんな彼女の
愛と苦悩に満ちた日々が
この『蜻蛉日記』には
綴られています
にょき
ぐ～
ぷる
……
ぷる
現代にもいますね。

兼家《かねいえ》の浮気

9月になり、あの人の文箱によその女宛の恋文を見つけた。驚きあきれ、せめて私が見たということだけでも悟らせてやろうと思い、その手紙の端に「もう私のところにはおいでにならないつもりなのね」と恨みを込めた歌を書きつけた。案の定しばらくあの人は姿を見せなくなった。

ある日の夕方、慌ただしく出ていくあの人の様子をあやしく思い、召使いに後をつけさせると、訪問先は町の小路の女の家だった。数日後、あの人が私を訪ねてきたが、門を開けずにいたらまたあの女の家に行ってしまったようだった。黙って済ませるわけにはいかないと、翌朝歌を送った。

「なげきつつひとり寝る夜のあくる間は　いかに久しきものとかは知る」

(あなたのおいでを待ちながらむなしく独り寝する夜、夜明けまでの時間がどんなに長く辛いものか……。門を開ける間さえ待ちきれないあなたには、おわかりになるはずありませんよね)

あの人の返歌は、こちらの気持ちなどまったく考えない、門を開けてもらえなかったことへの侘しさを詠んだものだったのでますます腹が立った。

①夫である藤原兼家。当時は一夫多妻制で、上流貴族の男性が妻を何人も持つことは普通のことだった。しかしひとりの男性を思う女性の気持ちは、今も昔も変わらないということがこの日記を読むとよくわかる

鷹を放つ

相変わらずあの人との仲はうまくいかない。あの人の不誠実な心に苦しむうちに死への欲望が強くなるが、まだ幼い1人息子・道綱《みちつな》の将来を思うと、そうもいかない。ある時、息子に「お母さんは尼さんにでもなって、この世を捨ててしまおうかと思っているのですよ」と言ってみると、道綱はひどく泣きじゃくり「お母さまが出家されるなら、私も僧になります」と訴えた。そこで「お坊さんになったら、あなたが大事にしている鷹が飼えなくなってしまいますよ」と言うと、道綱は鷹を解き放してしまった。

1日中道綱への切なさに浸っていたら、心にこんな歌が思い浮かんだ。

「あらそへば思ひにわぶるあまぐもに まづそる鷹ぞ悲しかりける」

(夫婦仲がうまくいかないつらさから、いっそ尼にでもなろうかと子どもに打ち明けると、あの子は真っ先に大事にしていた鷹を空高く放ち、自分も頭を剃って僧になる決心を見せるとは、なんという悲しさだろう)

日が暮れるころ、あの人から手紙が来たが、何もかも信用できず「ただ今は気分がすぐれませんので、お返事いたしかねます」と言ってやった。

随筆

機知に富んだ文章で、日本人の美意識を表現した

枕草子《まくらのそうし》

平安時代中期　1001年ごろ

《作者》
清少納言《せいしょうなごん》

965〜1025年（推定）。父の清原元輔《きよはらのもとすけ》は著名な歌人で、『後撰和歌集《ごせんわかしゅう》』の編者だったため、文学的に恵まれた環境で育った。結婚して子どもを１人生んだが離婚し、28歳ごろから中宮定子《ちゅうぐうていし》に仕えた。

読む前に知っておきたい！『枕草子』

清少納言《せいしょうなごん》の『枕草子』は、日本初の随筆文学で、鎌倉前期に鴨長明《かものちょうめい》が記した『方丈記《ほうじょうき》』、鎌倉後期の兼好法師《けんこうほうし》による『徒然草《つれづれぐさ》』と合わせて、日本の三大随筆と呼ばれています。紫式部《むらさきしきぶ》の『源氏物語《げんじものがたり》』と並び称される平安文学の双璧でもあります。思いは和歌などで遠回しに伝えるのがよいとされていた当時、筆者の心のうちが文章でテンポよく描かれている『枕草子』は異色の存在でした。しかし、内容は大変読みやすく、現代にも通用する新鮮さがあります。

千変万化な約３００段の章段は、３つのタイプに分けられます。ひとつは同じ種類のものについて書かれた類集的章段です。２つ目はおもに宮中の様子を描いた日記的章段で、中宮定子《ちゅうぐうていし》への敬愛にあふれています。もうひとつは見聞きしたことを気の赴くままにまとめた随想的章段です。物事を「をかし（趣深い）」ととらえる機知に富んだ独自の感性や、不遇に屈しない凛とした魅力を放っています。

元祖女性エッセイストとして
有名な清少納言ですが
出生年や本名すらも
謎に包まれたままです
彼女の父親の元輔《もとすけ》は学者や
歌人としても著名なことから
教養豊かな環境で育ったことは
間違いありません
『枕草子』はそんな彼女が
一条天皇の中宮（お后様）
の定子に仕えていたとき
執筆したものです
中宮定子といえば
頭が良くて優しくて
ユーモアもあっておまけに
超がつくほどの美人
一条天皇もぞっこん
清少納言は
知的レベルの高い
中宮に出会ったことで
イキイキと活躍します
『枕草子』には
中宮定子に
仕えている日々に
幸せをかみしめる
清少納言の姿を
見ることができます
ああ〜あたしゃ中宮さまのおそばで
マジで
しあわせだよ〜
また
随所に登場する
痛快な毒舌は
時代を感じさせない
ユーモアを
放ち続けています
はら
はら
ヒック
そんでよ〜
「好きな人が
酔っぱらって
同じことばっか
喋っているとなんか
ハラハラするし困る」
※第92段
「品のないもの？
太った法師」※第144段
「自分が呼ばれたのかと
思って出たら、
自分ではなくて気まずい。
しかも何か
物をくれそうなときだと
なおさら気まずい」
※第123段
あり？

第179段　初めて御殿に参ったときのこと

中宮様①の御殿に出仕②し始めたころは、恥ずかしいことが多くていつも泣き出しそうだった。中宮様があれこれ説明しながら見せてくださる絵など私には手も出せないし、高く灯された明かりのせいで髪の毛筋なども昼間よりはっきり見えてしまって決まりが悪い。明け方、早く自室へ戻りたくて気が急《せ》いている私に、中宮様は「葛城《かつらぎ》③の神だって、もう少し居るものよ」などとおっしゃって、なかなか帰してくれない。みっともない顔を見られたくない私はうつむいているので御格子④も上げられず、ようやく「お下がりなさい」と言われて御前から失礼し、格子をばたばたと上げると、外は雪が降っていたのであった。

第252段　世の中で一番嫌なこと

世の中で一番嫌なことは、人に嫌われること。どんな変人でも人から嫌われたいと願う人はいないだろう。仕事先でも、親兄弟からでさえ好かれ

ひとことメモ

『枕草子』において、ときに辛らつともいえるほどの辛口な意見をはっきり述べる清少納言。しかしこの第179段では、彼女にもこんなに初々しい時期があったということがわかる出仕当時の様子が描かれている

①中宮定子のこと。清少納言は16歳のときに結婚し、子どもをひとり産んだが、父の死後離婚し、28歳から宮中で働き始める。清少納言は年下で才色兼備な中宮定子を慕っており、定子もまた頭のよい清少納言を評価していた

②宮中で働くこと

③葛城の神は、自分の醜さを恥じて夜の間しか働かなかったといわれている

④雨戸のこと

たり好かれなかったりするのはつらい。身分にかかわらず、親がかわいがっている子どもはどこかしら目立ってちやほやされる。見た目がいい子はもちろん、格別取り柄がない子でもかわいがるのは親だからこそ。そう思うと、どんな相手からでも愛されることほどすばらしいことはない。

第261段 うれしいこと

一目置いている人から和歌の上の句や下の句を尋ねられたとき、とっさに思い浮かぶと本当にうれしい。急に必要になったものがパッと見つかったときや、ゲームなどの勝負事に勝ったとき、得意顔の相手に一杯食わせたときもそう。その相手が男だったらなおさら気分がいい。憎らしい相手がひどい目にあうのも、ちょっとうしろめたいけれど本音ではうれしい。手入れに出した着物や櫛《くし》が、きれいに仕上がって戻ってくるのもいい気分だ。自分よりも恋人の病気が治ったときのほうがずっとうれしい。中宮様が大勢の女房たちの中から自分を見つけて声をかけてくださって、他の女房たちがあけた道をお側《そば》に向かって歩いていくときの気分も格別だ。

日記

身分違いの激しく切ない恋愛を、３人称で綴った日記

和泉式部日記《いずみしきぶにっき》

平安時代中期　1007年ごろ

《作者》
和泉式部《いずみしきぶ》

978〜没年不詳。父は歌人の大江雅致《おおえのまさむね》。和泉守の橘道貞《たちばなのみちさだ》と結婚し子どもを1人もうけたが、冷泉天皇の皇子、為尊・敦道親王兄弟の寵愛を受け、世間を騒がせる。その後中宮彰子に仕えた。

読む前に知っておきたい！『和泉式部日記』

和泉式部は中宮彰子《ちゅうぐうしょうし》に仕え、同僚でもあった『源氏物語』の作者紫《むらさき》式部《しきぶ》もその才能を認める才媛です。ただし、紫式部が短所として挙げているように、いつも男性に囲まれている恋多き女でもありました。なかでも『和泉式部日記』に綴られた恋は、比較的恋愛モラルのゆるやかだった平安時代でも、大スキャンダルとして注目を集めました。

この作品では、和泉式部のかつての恋人で、亡くなってしまった為尊親王《ためたかしんのう》の弟、敦道《あつみち》親王との恋物語が、１４７首の美しい和歌のやり取りとともに展開されています。敦道親王は和泉式部の３つ年下の23歳でしたが、次第に惹かれあいつつ、すれ違いを繰り返しながら燃え上がっていく2人の心の動きの描写は、実に見事です。

また、主人公が「私」ではなく三人称の「女」と書かれているため、第三者の創作物語だという説もありますが、世間にうわさされる奔放さとは違い、真剣に恋と向き合う女性がここには描かれています。

和泉式部は
和泉守の
橘道貞《たちばなのみちさだ》に嫁ぐも
うまくいかずに破綻…
そして冷泉天皇の
第三皇子である
為尊親王《ためたかしんのう》と恋愛関係になり
世間を驚かせますが
身分違いの恋であったため
親からは勘当され
世間からも冷ややかな目で
見られていました
勘当だ!!
ガ〜ン
ひどい……
ひそひそ
まぁ…
ですって
いやねぇ
しかしそんな日々も
為尊親王が
亡くなったことで
突然のピリオドが
打たれますが…
よっ!
今度は彼の弟と
禁断の関係に…
いけないと
わかっていても
恋に落ち
自宅や　彼の家
そしていたるところで
逢瀬を重ねる
和泉式部
だめ!! あの人が浄土から見てらっしゃるわ!!
私が兄上の事を忘れさせてみせます!!
ときにわざと師宮に
つれなくしたり
甘えたりしながら
昼ドラ顔負けの
恋の駆け引きを
展開します
おまけ。
和泉式部は相当の恋愛遍歴を
重ねた人物らしく
かの紫式部も
和歌の才能は素晴らしいが素行には感心できない
ちっ すぐメロメロよろめいて
とのこと
昔から自由奔放な女性というのは
存在したんですね

第1段～第8段　亡き恋人の弟との出会い

恋人の為尊親王《ためたかしんのう》①を亡くして1年、嘆き悲しむ和泉式部のもとに亡き為尊の弟・帥宮《そちのみや》②から橘《たちばな》③の花が届く。その謎かけにピンときた和泉は、

「かをる香によそふるよりはほととぎす 聞かばやおなじ声やしたると」

（花橘の香で亡き宮を思い出すよりも、私はあなたの声であの人を偲《しの》びたい。その声はなつかしい兄上様とそっくりでしょうか）

という歌を返した。帥宮は、うわさどおり優れた和歌の才を持つ和泉に興味を持ち、頻繁に文を送るようになる。一方の和泉も寂しい日々を彩る帥宮の文に心躍らせていたが、亡き宮への思いもあり、文を返すのは時々にとどめていた。ある夜、しびれをきらした帥宮が突然和泉のもとを訪れ、ついに2人は結ばれる。その後も互いの気持ちを探りあう2人。恋多き女といわれている和泉のもとには、大勢の男が通っているとのうわさがあり、帥宮も心のどこかでそれを疑っていた。また乳母から「兄宮の不幸④もあの女のせい。そんな女のもとに通っていたら、いずれ悪いうわさもたちましょう」とたしなめられ、なんとなく足が遠のいてしまうのだった。

---

①冷泉天皇の第3皇子。母は藤原兼家の娘、超子。26歳という若さでこの世を去った

②敦道親王。元服し、帥宮と称された

③みかんのこと。ここでは、古今和歌集の「五月待つ花橘の香をかげば昔の人の袖の香ぞする」を暗示している。さらに和泉式部が返した「ほととぎす」も古今和歌集の歌で、昔の人を偲ぶという意味に用いられている

④為尊親王は、伝染病が流行っていた平安京を夜な夜な歩きまわっていたために病気が伝染して亡くなったと噂されていた

第18段　手枕の袖

その後もすれ違いや意地の張り合いを繰り返しながら、次第に2人の距離は縮まっていく。そして10月10日の夜、和泉式部のもとを帥宮が訪れた。月が雲に見え隠れし、時雨《しぐれ》が降る季節。どこか儚《はかな》げな和泉式部の様子に、「世間は彼女を浮気女のように言うけれど、こんなにひとりぼっちで寂しそうじゃないか」と、帥宮の心には彼女への愛しさがこみ上げるのであった。

「時雨にも露にもあてでねたる夜を　あやしくぬるる手枕《たまくら》の袖」

（時雨にも夜露にもあてないでともに寝た夜なのに、2人の枕にした私の袖が不思議と濡れてしまったよ。あなたを愛しく思う私の涙で……）

心のこもった帥宮の歌に、和泉は返歌もできず月の光のなかではらはらと涙をこぼす。その姿に、さらにいじらしさを感じる帥宮。「私がとりとめのないことを言ったのが気にいらないのでしょう」という帥宮に対して和泉はこう答えた。「見ていてくださいな。これから先、私が〝手枕の袖〟という言葉を忘れるかどうか」。その言葉どおり、和泉は翌朝届いた帥宮からの便りに〝手枕の袖〟を詠み込んだ歌を返すのだった。

物語のそれから

その後、ついに和泉は帥宮邸に迎えられるが、そのことで帥宮の北の方（正妻）はプライドを傷つけられて邸を出て行ってしまい、帥宮と北の方が離婚するまでが『和泉式部日記』には描かれている。しかし数年後、帥宮は病死。和泉は一条天皇の妻、彰子に仕えることになる

随筆

激動の時代から世の無常を読み説く

方丈記《ほうじょうき》

鎌倉時代初期　1212年

《作者》
鴨長明《かものちょうめい》

1155〜1216年。下鴨神社の神官の家に生まれる。琵琶をたしなみ、俊恵の門下に学んで歌人としても活躍し、『千載和歌集』に入集した経歴を持つ。出家後、日野の山中で隠者生活を送りながら本作を執筆した。

読む前に知っておきたい！『方丈記』

「方丈」とは一丈四方（約4畳半）の正方形の部屋のことです。平安・鎌倉時代の貴族や知識人なら、インドの商人の維摩居士《ゆいまこじ》が方丈の部屋で仏教を説いたという故事を思い浮かべます。著者の鴨長明も50歳で出家し、晩年に粗末な方丈の庵で『方丈記』を執筆しました。

まず冒頭で人の世の儚《はかな》さや移ろいやすさについて述べ、前半では平安京の大火や多くの被害をもたらした竜巻、大飢饉、大地震、政変、遷都など、自らの体験に照らした無常観を語っています。時代は平安から鎌倉へと移り、筆者自身も10代で父と死別し、20代で後継者争いに敗れ、再度のチャンスにも横やりが入って失踪するなど、心の葛藤に苦しみました。後半では、俗世を離れた草庵で世の無常を受け入れて心安らかな日々を模索し、自らの内面を冷静に見つめています。文体は和漢混交で対句を多用し、理論的で明快な筆致と流麗な表現からは、和歌と管弦に秀でた筆者の姿が浮かび上がります。

作者の鴨長明は京都にある上賀茂・下鴨神社の祭神を祀る賀茂氏の御曹司として生まれました
父親は下鴨神社のトップとして宮司を務めており
長明もわずか7歳で中宮から貴族の位を授けられます
あれはわしら親子の星だ!!
そして将来は河合社の禰宜《ねぎ》になることを希望していました
とうちゃんおれはやるぜ!!
しかし18歳のとき父親が夭折
うっ…とうちゃん…
長明は一族の相続争いに破れ神職への道が閉ざされてしまいます
出ておいき!!
そして祖母の家に居候するも30歳で追い出され
うっ
悲惨な天変地異に見舞われて世の「無常」を身をもって実感します
火事
もえてる!!
地震
遷都
和歌や琵琶の才能に恵まれていた長明でしたが
54歳の時に出家を決意都を離れて日野の山奥で隠遁生活をはじめました
この世の無常を説いたことで有名な『方丈記』はそんな状況下で執筆されたのです
ゴー

全体のあらすじ

川の流れは絶えることなく、常に流れ続け、その水はもとの水ではない。よどみに浮かぶ水の泡も、こちらで消えたかと思えばあちらでは浮いていて、長い間、同じ状態のままにはない。この世を生きる人の身も有為転変《ういてんぺん》、流れ移っていく。同じく家や神社仏閣も、時が移ればいつかは荒れ果てる。

物心がついてから40年あまりの間に、思いもよらぬ不思議な出来事に遭遇した。一夜のうちに都の3分の1を灰にした①安元《あんげん》の大火。地獄の猛風もこんなふうではないかと思われるほどの激しさで、負傷者が大勢出た②治承《じしょう》の辻風。山は崩れ、海は荒れ、寺社は崩壊し、塵芥《じんばい》が空を覆った③元暦《げんりゃく》の大地震……。立て続けに起こった天災の間にも、平清盛の突然の発意で、人々を不安に襲いながらも失敗に終わった④福原遷都《ふくはらせんと》や、2年間も続いた⑤養和《ようわ》の飢饉《ききん》では、疫病まで流行した。朝廷は特別な祈祷を行ったが、効果はなかった。鴨川の河原は死体だらけで、馬や車が通れないほどだった。

飢饉で切羽詰まって、寺に忍び込んでは仏像などを盗み出して売る者も現れた。哀れなのは、わずかに手に入った食べ物を愛する者に譲るような、

---

①安元3（1177）年に平安京で起こった火災。火が強風にあおられ、翌朝8時になっても鎮火しなかったという

②治承4（1180）年に都に吹き荒れた大旋風。『平家物語』巻3にも登場する

③元暦2（1185）年に京都で発生した大地震

④治承4（1180）年、高倉天皇や平家一族の反対を押しきる形で、平清盛が約400年続いた平安京を捨てて決行した遷都

⑤養和元（1181）年から寿永元（1182）年にわたって続いた飢饉。源平両氏の争乱が起こる中発生した。1180年の降水量が少なかったために農作物の収穫が激減したのが原因。全国各地で混乱を極めた

愛情が深い人から先に死んでいくことだった。親子は必ず親から死んでいき、母親が死んだことも知らず、乳を吸いながら眠っている赤子もいた。

この世の地獄を見た私は、世の中は無常であるということをつくづく思い知らされた。立派な家といえども、恒久不変《こうきゅうふへん》ではない。それならば、狭い方丈⑥の庵《いおり》のほうが不安もなく、我が身を宿すには充分であると考えた。出家してしばらくした後、60歳というもう余命いくばくもない年になってから、私は日野の山⑦中で暮らすことにした。

たまに都に出ると、自分が乞食のようになったことを恥ずかしく思うが、草庵に帰れば、俗世間にとらわれている人々を哀れに感じる。ここで暮らしはじめて5年が経つが、都での不安定な生活に比べると、世俗を離れた生活には何の憂いもなく、静かで、安らかな日々に満足している。そもそもこの世のことは、すべて心の持ち方次第なのである。

しかし世を捨てて仏道修行を志したはずの私であるが、「この草庵の静寂への執着こそ、いまだに私の心が浮き世の欲望ににごっている証ではないか？」という道理について自問してみたのだが、心は何も答えてはくれず、ただ舌を使って「南無阿弥陀仏《なむあみだぶつ》」と2、3度唱えさせただけだった。

---

⑥一丈四方の広さ（1方丈は四畳半程）。『方丈記』の書名の由来でもある。長明は、インドの維摩居士が一丈四方の部屋で仏教を説いたという故事にならったといわれている

⑦京都市伏見区にある山。長明がいた庵の跡といわれるところに現在、方丈石がある

日記

子のために訴訟を起こして旅に出た母の日記

十六夜《いざよい》日記《にっき》

鎌倉時代中期　1280年ごろ

《作者》
阿仏尼《あぶつに》

1222ごろ～1283年。歌人。実父母は不明。失恋をきっかけに10代で出家をするも、その後も俗世と交流を持った。30歳ごろ藤原為家《ふじわらのためいえ》の側室となり、冷泉《れいぜん》天皇を出産。訴訟への旅に出たのは50歳代後半だった。

読む前に知っておきたい！『十六夜日記』

中世には多くの日記紀行文が記され、現在でも約80編が残っています。鎌倉幕府ができて新たな政治文化の拠点となり、京都との間を往復する機会が増えたからです。そのため、平安時代に比べて道や宿場も整備され、旅が盛んになりました。とはいえ、『十六夜日記』の作者の阿仏尼のように、高齢の女性が旅をするのは容易なことではありませんでした。阿仏尼は師でもあった歌人藤原為家《ふじわらのためいえ》の後妻です。為家の死後、実子為相《ためすけ》に残された領地をめぐって、先妻の子、為氏《ためうじ》との遺産相続争いが起きたために、鎌倉幕府に直訴する旅に出たのです。

前半は、京都から鎌倉までの14日間の道中について和歌を交えて記されています。後半は鎌倉滞在中に京都の知人と交わした消息や和歌と、直訴の苦労や勝訴への願いをこめた長歌です。すっきりとした文章から、子を思う母心が伝わってきます。東海道の名所を訪ね歌枕を丹念に詠まれた『十六夜日記』は、後世の歌学びの書となりました。

作者の阿仏尼は
17、8歳のとき
失恋をきっかけに
出家したとされています
身を投げてんと思ひけるにや
（もー死んじゃおうかと思ったけれど）
よよよ
彼女の『うたたね』という作品にはこの若き日の悲恋と出家後の孤独な心境も描かれていますが
オットー筆がすべっちゃった☆
一説には創作という話も…
てへぺろ。
やがて寺を出て阿仏尼は
30歳で藤原為家の側室となります
中世の女流作家で随一の仏心を持った作家ですが作品中で仏道や世の無常を説いたことはほとんどありません
それに対して鴨長明や兼好は世の無常を嘆きまくり
そんな阿仏尼の書いた『十六夜日記』のテーマといえば
訴訟問題。
おりゃ
訴
どどーん
歌の道を息子にも継がせようと継承に必要な財産権の問題で先妻の子と争うことになり…
その裁判のために京都に向かう旅路がこの日記のテーマとなっているのです
かちとろう！勝訴!!
ずん
ずん
うったえてやる!!
ずん
全編にわたって子を思う気持ちに満ちた文章で母として綴った阿仏尼の強さや優しさを感じることができます

全体のあらすじ

和歌の道は真実味に欠け、慰みごとに過ぎないと言う人もいるかもしれない。しかし、もともとこの国は天《あま》の岩戸《いわと》①をあけたときに、神々が唱えた歌をはじめとして、世が治められて人の心を和やかにする仲立ちになった、と歌の聖たちは書き残している。この国で、勅命を受けて歌集を奏上した人は少なくないが、一代に2度勅命を受けた家はあまり例がないだろう。どんな縁があってのことか、私はその家の跡を継ぎ、3人の男の子②とたくさんの和歌に関する書物を持っている。亡き夫は「歌道を守れ、子どもを大切に育てよ、後世をとむらえ」という遺言を残した。しかしそのために残してくれたものをこの度せきとめられてしまったので、心細くて仕方ない。どうして今日まで生きながらえているのだろうか。自分ひとりならどうなってもかまわないが、子どものことを考えると心がおさまらない。正しい裁判が行われるのであれば、真相が明らかになるだろうと、16日の月に誘われて出発しようと思うのである。

10月21日のこと。八橋《やつはし》③を出発すると、空がよく晴れ、広々とした野原に

---

① 『古事記』にある逸話で、天照が天の岩戸の中に隠れてしまい、この世が暗黒に包まれたことから、八百万の神々があらゆる手段を考えて無事に岩戸から天照を呼び戻すという物語

② 定覚、為相、為守の3人

③ 現在の愛知県碧海郡付近。『伊勢物語』9段にも登場する

出た。真っ赤な紅葉が多い山に入り、あまりの美しさにみとれて人に尋ねると、ここは宮路山《みやじさん》だという。また、④清見《きよみ》が関《せき》を通り過ぎた際には、寄せる波が岩に白い着物を着せているように見えるのも面白かった。

鎌倉に到着した私が住むのは⑤月影の谷という場所である。特に仲良く付き合っている、中の院の中将の奥方へ手紙を書いているとき、波や風の音が強く聞こえるので、その情景を歌に詠んで送った。また、その奥方の妹の尼上《あまうえ》には、手紙に海草類の切れ端を入れて歌を添えた。この人たちからの返信は、普段は包み隠しているような内輪の話をそっと打ち明けてくれるように感じられる。

末子の為守《ためもり》からは30首の歌が届いた。「この歌に点をつけて、よくないところは詳しく教えてください」と言うのである。16歳になる為守の歌がすでに詠み慣れた口調で、優美に感じられるのは、親の欲目なのかと恥ずかしく感じる。歌の中には私のことを思って詠んだのであろう歌もあり、「鎌倉へ下る最中、富士の煙を見るにつけても心細かったでしょう」という歌には、「子を思う気持ちはあの煙と同じように高く上るのだなあと思いました」と返事をした。

---

④現在の静岡県静岡市にあった関所

⑤現在の神奈川県鎌倉市極楽寺付近。極楽寺境内には今も阿仏尼屋敷跡がある

随筆

仏教的な無常観で多彩な人生論を語る

徒然草《つれづれぐさ》

鎌倉時代末期　1331年ごろ

《作者》
兼好法師《けんこうほうし》

1283〜1350年（不詳）。平安朝以来、京都の吉田神社の社務職を継ぐ家系に生まれる。後二条天皇の側近として奉仕するも、崩御後は出家して隠遁生活を送った。和歌四天王のひとりで、存命中は歌人として知られていた。

読む前に知っておきたい！『徒然草』

鎌倉時代初期の『方丈記《ほうじょうき》』と、後期に成立した『徒然草』は、それぞれ時代の転換期を生き、無常な世の中を見据えた隠者の随筆です。平安中期の『枕草子《まくらのそうし》』と合わせて、三大随筆と称されています。

作者の兼好法師は30歳前後で出家し、遁世の知識人という自由な身分を得ました。鎌倉など2度にわたって関東に逗留し、都では歌人・歌学者として活躍、ときには能書の才を買われて権力者の恋文を代筆するなど、朝廷の有力者から室町幕府の要人まで幅広く交流しています。『徒然草』前半は30代、後半は40代に書かれたとされ、内容は友情や恋愛から政治、財産、教養、芸能、文学、回想など多種多様です。また、酒をテーマにしていても、ある段ではその徳や効用、別の段では害を説いて、その両方を矛盾なく納得させる論理性があります。仏教的無常観をベースに深い学識教養と自由で大胆な精神、鋭い観察眼で記された、魅力の尽きない名随筆です。

作者の兼好法師は
神祇官を務める卜部《うらべ》氏の出身で
吉田という地に住んでいたため
のちに吉田兼好ともよばれました
貴族って いーよなー
なんつったって 雅だしよう…
ポワ〜ン
19歳のとき
後二条天皇のもとで
働く役人となり
このころの経験が
貴族文化へのあこがれと
なりました
兼好が出家したのは
30代前半といわれています
出家後は、修学院や
比叡山の横川で
隠遁生活を
送っていました
出家しました。
40代になると
二条為世《にじょうためよ》という歌人に
弟子入りしました
そして頓阿《とんあ》、浄弁《じょうべん》、
慶運《けいうん》らとともに
「和歌四天王」と
よばれるほど
名高い歌人
として
活躍しました
じつは けっこう 売れっこ 歌人でした。
そんな兼好が
『徒然草』をまとめたのは
40代のころでした
はかないこの世で
どう生きていけばよいのか？
現代人の心にも響く
数々の人生訓を
243段にしたためました
つれづれなるままに。
評論家の小林秀雄は兼好のことを
「モンテーニュ以上のことを
成し遂げた、最高の随筆家だ」
と賛辞を惜しまなかった
とのこと。
（『方丈記』の
鴨長明よりも
すぐれていると
言っています）
えへへ そんなぁ

第7段　あだし野の露消ゆる時なく

もしもあだし野の露がいつまでも消えることなく、鳥部山《とりべやま》の煙が立ち上ったままならば、趣《おもむき》がなくつまらないことだろう。人の生命がいつ終わるのかが誰にもわからぬように、世の中とは定めがなく、無常であるからこそ面白いのだ。この世には、かげろうや夏の蝉のような、はかない命もある。対して人間は長生きである。長生きすれば醜くなり、世の中をむさぼるばかりである。長くとも40歳になる前に死ねれば、感じもよかろう。それを過ぎると、この世への執着ばかりが深くなり、ものの情趣もわからなくなっていく。何ともあさましいことである。

第92段　或人、弓射ることを習ふに

ある人が弓を習ったときのこと。2本の矢を手に挟んで的に向かうと、弓の師匠が「初心者は、矢を2本も持ってはいけない。残りの矢があることに安心して、最初の矢を射るとき、油断の気持ちが生まれる。いつもこ

①京都・嵯峨野にあった墓地。また、「あだし」には、「はかない、むなしい」という意味もある
②京都・東山にあった火葬場
③当時の寿命は平均50歳代だったため、40歳でも高齢とみなされていた
④「もののあはれ」のこと。つまりしみじみとした人生の味わいのことであり、平安貴族の理念であった
⑤一対になった2本の矢で、「もろ矢」という。的に向かうときには通常矢を2本持つ

の1本で決めてしまおうと思いなさい」と言った。師匠の前で、わずか2本の矢のうちの1本をいい加減に考えるはずはないと思ったが、自分自身では気づかないなまけ心も、師匠にはお見通しなのだ。この忠告はすべてに通じるはずだ。大変難しいことではあるが、何事も後があるとは思わずに、今、この一瞬しかないという気持ちで学ぶべきである。

第236段　丹波に出雲と言ふ所あり

⑥丹波《たんば》に出雲《いずも》というところがある。出雲大社《いずもおおやしろ》の神様を移して立派に造営し、志太の某《なにがし》という人が治める場所だ。秋のころ、⑦聖海上人《しょうかいしょうにん》や大勢の人たちを誘って、神社の見物へ出かけた。そこの神社の獅子や狛犬が後ろ向きに立っていたので、上人はもの珍しさに涙ぐみ、一行の無関心をたしなめた。上人の興奮につられて、みんなが「都への土産話にしよう」と盛り上がる様子にますます感激した上人は、年配の神官を呼んで、向きの違いの由来を聞いてみた。すると特別な意味はなく、単なる子どものいたずらだとわかり、上人の感動は無駄になってしまったのである。

---

⑥現在の京都府中部、兵庫県の一部
⑦徳の高い僧侶だった

随筆

学問、芸術、人生について述べた随筆

玉《たま》勝《かつ》間《ま》

江戸時代中期　1795年

《作者》
本居宣長《もとおりのりなが》

1730～1801年。木綿商の次男として生まれる。国学者、文献学者で医者としても活躍した。医者業のかたわら古典研究を続け、当時解読不能とされていた『古事記《こじき》』の解読に挑戦して『古事記伝』を発表した。

読む前に知っておきたい！『玉勝間』

目の細かいかごを指す「勝間」に、「玉」という美称を冠し、名づけられた『玉勝間』は江戸時代に国学を大成した本居宣長の代表作のひとつです。筆者が35年を費やし『古事記伝』をまとめる中で得た古語の考証や思想を、細やかにすくい上げてまとめています。随筆ですが身辺雑記などではなく、古道に対する人生観や考察、研究姿勢など学問的色合いが強い作品です。

執筆は晩年から没するまでの8年間で、その内容たるや文学、語学、歴史、古道、有職故実、民俗学的考証など多岐にわたります。知識や学問など後天的に得た規範よりも、人が生まれながらにして持っている真心の中にこそ「道」があるとし、人間本来の自然な感情のありようなどをわかりやすい例と吟味された言葉で述べています。また、地方の伝承や談話も収録されており、日本民俗学の祖である柳田国男《やなぎだくにお》や折口信夫《おりくちしのぶ》らに大きな示唆を与えたといわれています。

本居宣長は伊勢の木綿商の次男として生まれますがすぐに養子に出され16歳で商売をはじめます
いらっしゃりまし!
ああ商いより本が好きなんだよう……
すりすり
しかし大好きな読書に熱中しすぎて22歳で京都へ遊学 医学をはじめ儒学や漢学 国学を学びました
貴族っていいよね…
ポワ〜ン
京都で暮らした経験もあって古典学への興味が高まりしだいに王朝文化へ憧れを抱くようになり
雅だしさあ。
アンタもかい!!
ビシ!!
源氏物語っていとあはれだよネ……
ウフフ…
キャッキャッ
……
松坂へ帰郷すると医者として開業するかたわら『源氏物語』の研究を行います
そんな宣長ですが34歳のとき国学者の賀茂真淵《かものまぶち》と出会ったことが以後35年を費やして『古事記』を研究するきっかけとなりました
古文書が好きなんですよう
わかるわかる
も
できたー!
宣長の国学思想の基礎となる『古事記伝』(全44巻)はそうして完成しました
『玉勝間』は、そんな『古事記伝』を書き上げた宣長の学問への姿勢が書かれています。

2巻 106段〜107段

師の学説の誤りを指摘してはいけないと言う人がいるが、そんなことはない。私の師である賀茂真淵《かものまぶち》先生は、自分の学説が師の説と違っても遠慮してはいけないと説いた。1人や2人の力で、すべてを研究し尽くすことはできないし、研究の途中では誤った説も出てくる。また、よいと思われていた説よりも、さらによい説が出てくることもあるものだ。

自分の師が唱える説の間違いを指摘するのは、確かに恐れ多いことだ。しかし、誰もが誤りを指摘しなければ、正しい学説が世に広まらない。師の説が誤っていることを知りながらそれを言わないのは、師を尊敬しているだけで学問を真剣に考えていない証拠なのだ。私が願うのは、学問の道を敬い、古くからの精神を誤りなく今に伝えることだ。それでも、師の間違いを指摘する私を非難したいという人は非難すればよい。私はこの自分の精神こそ、師を敬うにふさわしい態度だと思っている。

私のもとで学問を学ぶ者も、私よりもよい説を思いついたなら、私の説にこだわる必要はない。私の間違いを指摘し、よりよい説を広めなさい。

『玉勝間』メモ

『玉勝間』にはほかにも、心にとめておきたい数々の教えが綴られているので、あらすじで紹介しきれなかったものをここに挙げてみよう。

・「他人から借りた書物に、どこまで読んだか分かるように折り目をつけるのはよくないことだ。一度折り目を付けたら決して元に戻らないからだ」(巻1)

・「生まれながらの『まごころ』こそが『道』であり、それは学問をとおして理解するものではない」(巻1)

・「よいことはすべて世の中に広く知らせたいと思っているので、自分が研究して知ったことは書物で発表し、隠していることは何もない。もし自分について何か学ぼうと言う人がいれば、私が書いた本をただよく読めばよい。それ以外に教えなければならないことは何も

9巻 569段

どんな道にも、重要なことを世に広めたがらず、隠しておくことがある。本当に大事なことならば、なおさら世に広めることこそ望ましいのに。あまりにもったいぶって簡単には教えないという心意気でいると、その教えが絶えてしまう危険さえある。簡単に広まっては軽々しく扱われるという懸念もあるだろうが、たとえそうであっても世に広まるのはよいことだ。広まれば、自然と説に重みが出るのだ。重要な説であったとしても、一部の人しか知らないのはよくない。ましてや道が絶えてしまっては何の意味があるだろうか。

最近になってよく、その道の「秘伝」などということを耳にするが、その多くは見せかけだ。本当に大事なところは人に知らせず、自分だけのものにして世の中に誇ろうとするような汚い精神や、さらにそれよりも卑しい心に由来していることが多い。取るに足らない技芸などはそれでもよいかもしれないが、本当の意味で高貴な「道」には、こんなことがあってはならない。

ない」（巻7）

・足るを知ることは、たいへんよいことだ。そう悟れば、誰もが身分相応に心安らかになれるだろう（巻11）

Column

作者の個性や考え方がよくわかる日記・随筆の数々

第2章で紹介した作品からわかるように、日記や随筆は物語作品と比べて、より作者の日常や思想がダイレクトに表現されているジャンルといえるでしょう。

たとえば、紫式部の『紫式部日記』を読むと、世界的にも評価が高く壮大なドラマを描いた『源氏物語』の作者が、かなり繊細な感情の持ち主で、彼女の不器用な一面を発見できます。繊細ゆえに『源氏物語』で緻密な人間模様を描写できたのかもしれませんが、この日記では夫の死からなかなか立ち直れず、物思いに沈む気持ちや、中宮彰子《ちゅうぐうしょうし》に仕えているときの職場になじめない悩みを切々と打ち明けています。

現代でも、日常における個人的な感情が綴られたブログ日記やベストセラーのエッセイが多数存在します。それらのテーマは昔と変わらず、恋愛だったり旅日記だったり、あるいはそれこそ徒然なるままに筆を走らせたものだったりするのです。その中には、現代版『蜻蛉日記』や『枕草子』があるかもしれません。

第3章

物語・小説

竹取物語
伊勢物語
源氏物語
大鏡
平家物語
太平記
日本永代蔵
曽根崎心中
雨月物語
東海道中膝栗毛
南総里見八犬伝

物語

日本最古のファンタジー小説

竹《たけ》取《とり》物《もの》語《がたり》

平安時代前期　910年以前

《作者》
未詳

平安時代前期の学者か僧侶、もしくは貴族の情報を入手できる身分の男性で、和歌や漢字、民間伝承についての教養がある者だったと推定される。作者の候補に紀貫之《きのつらゆき》や源 順《みなもとのしたごう》などが挙がっているが、いずれも資料的根拠に乏しい。

「かぐや姫」
という名前でも
知られている
『竹取物語』ですが
作者も成立年も不明――
原本もなく
写し書きの本が
1冊あるだけ
武蔵本と呼ばれています。
作者は庶民ではなく
漢字や民間伝承に詳しい
貴族の男性ではないか
といわれています
まろの天下でおじゃる
ふぉっ
ふぉっ
貴族社会を風刺しているため
当時の藤原政権に批判的な
人物だったのかもしれません

かの紫式部は『源氏物語』の中で『竹取物語』のことを
物語の出で来はじめの祖（これこそが日本で最初に作られた物語よ！）
と賞賛しています
そのことで後世における知名度が上がったのはいうまでもありません
幻想的な世界観の『竹取物語』には
当時の民間伝承が色濃く反映され
優れたファンタジー小説のような仕上がりになっています

日本最古の物語として『源氏物語』や『伊勢物語』など
後世の文学に大きな影響を与えたとされる
『竹取物語』の世界をここではご紹介しましょう

全体のあらすじ

昔、野山で竹を取って暮らす竹取《たけとり》の翁《おきな》という老人がいた。ある日、根元が金色に輝く竹の中に座っている10センチほどの女の子を見つけた老人は、家へ連れて帰って夫婦で育てることにした。わずか3ヶ月ほどで輝くような美しい娘に成長した女の子は「なよ竹のかぐや姫」と名づけられた。

絶世の美女・かぐや姫のうわさは世間に広まり、求婚者がひっきりなしにやってきた。姫はそれらを一切無視し、誰にも姿を見せずにいたが、石《いし》作《づくり》の皇子《みこ》、庫持《くらもち》の皇子、右大臣阿部御主人《あべのみうし》、大納言大伴御行《おおとものみゆき》、中納言石上《いそのかみの》麻呂足《まろたり》の5人はいくら断っても諦めない。そこで姫は「本気かどうか確かめなければ結婚できません」とわざと入手困難な贈り物を彼らに要求する。

「仏の御石《みいし》の鉢」①を求められた石作の皇子は、奈良の山寺の古鉢を本物と偽って持参するが簡単に見破られた。庫持の皇子が密かに職人に作らせた「蓬莱《ほうらい》の玉の枝」②は、あまりに見事なできばえに姫もあやうくだまされそうになったが、職人たちから姫のもとに代金の請求がきたことで偽物だとばれてしまう。中国の貿易商人に偽物の「火鼠《ひねずみ》の皮衣《かわぎぬ》」③をつかまされた阿

①御石とは天竺にあるという仏教の宝

②根が銀で、茎は金で、実は真珠でできた枝

部御主人は、燃えないはずの皮衣を目の前で姫に燃やされる。家来たちに「竜の首の珠《たま》」の捕獲を命じた大伴御行は、いくら待っても届かないことに業を煮やし、自ら海に出るが大嵐で難破。そして自分の手で「燕の子安《こやす》貝《がい》」④を取ろうとした石上麻呂足は高所から転落し、その怪我がもとで死んでしまう。それまで男たちの失敗を喜んでいた姫も、さすがに麻呂足のことは少しかわいそうに思うのだった。

次々と男たちを破滅させるかぐや姫のうわさは、やがて帝の耳にも届いた。帝は老人の協力をとりつけ、不意をついて姫と対面。そのまま宮中へ連れ帰ろうとするが、姫は姿を消して光の塊になってしまった。帝は姫がこの世の者ではないことを悟ったが、美しい彼女のことが忘れられず文を送り続け、姫も帝の真心に情を動かされて2人は文を交わすようになる。しかし3年後、天上から迎えがやってきて、かぐや姫が月の都で罪を犯した罰として地上に落とされていたことが判明する。帝は軍隊を派兵して月からの使者を迎え撃とうとするが、雲に乗った天人たちが降りてきて周囲がまばゆい光に包まれると、彼らは戦意を喪失してしまった。姫は帝に手紙と不死の薬を残し、天の羽衣をまとって月へと帰っていくのだった。

---

③火鼠とは中国に伝わる妖怪の一種で、火光獣ともいう。毛は絹糸よりも細く、火に燃えないといわれている

④子安貝とは貝の一種。貝なので海で生まれるものにもかかわらず、姫は「ツバメが産んだ」という無理な条件をつけて要求した

歌物語

さまざまな恋の形と歌物語が散りばめられた

伊《い》勢《せ》物《もの》語《がたり》

平安時代中期　974年ごろ

《作者》
未詳

藤原清輔《ふじわらのきよすけ》の歌学書や流布本の奥付などに、作者は本作の主人公である在原業《ありわらのなり》平《ひら》だろうと書かれている。しかし近年では考証の余地が残るといわれており、在原業平と関係のある人物によって書かれたという説と二分している。

1話が短く読みやすいため
成立当時から古典教養として
親しまれた『伊勢物語』
ふん
ふん
その書き出しの
ほとんどは
「昔、男ありけり」で
はじまります

そしてその「男」のモデルこそ
和歌の名人と
しても名高い
在原業平《ありわらのなりひら》と
考えられています

在原業平といえば
教養があり　容姿端麗で
ずいぶんと
都の女性を騒がせていたようです
ふ…
ほう…
はあ…

「伊勢物語」は
そんな彼の波乱の生涯を描いた物語です
身分違いの恋や
年の離れた恋
片思いに
幼馴みとの蜜月……
現代人も共感できる
エピソードが
たくさん綴られています
恋の歌以外にも
親子の愛や友情など
あらゆる人間ドラマが盛り込まれており

随所に見られる奥ゆかしい和歌もこの作品に彩りを添えています
「君やこし我や行きけむおもほえず　夢かうつゝか寝てか醒めてか」
（あなたがおいでになったのか　私がうかがったのか　よく覚えていません
夢か現実か…寝ていた時か…目覚めていた時だったのか…）

ちなみに
『伊勢物語』の名前の由来は
伊勢神宮の巫女が業平に誘われて
彼の部屋へ密通しにやってくる
第69段にちなんで
つけられた説が有力です

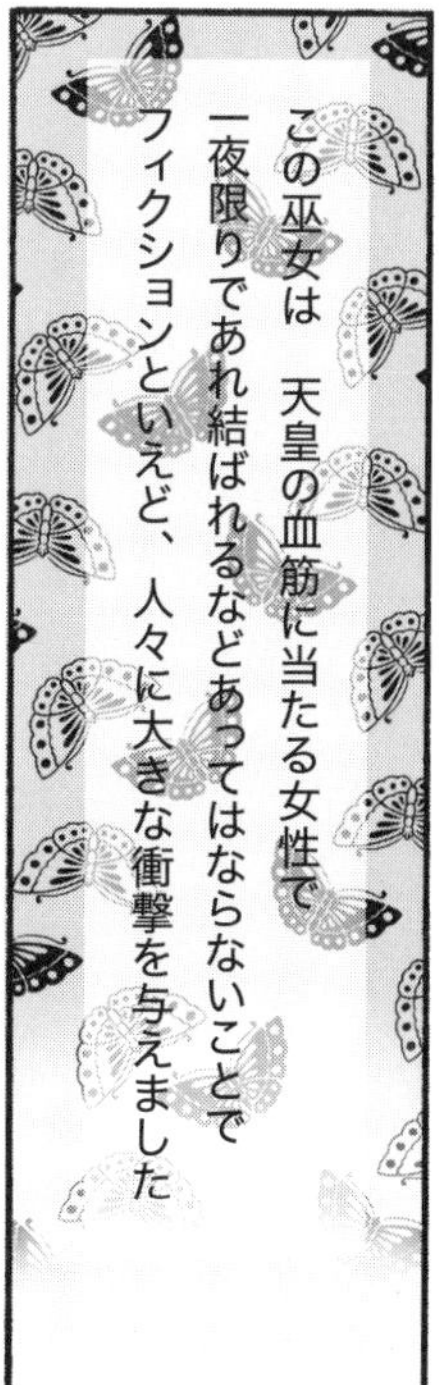
この巫女は　天皇の血筋に当たる女性で
一夜限りであれ結ばれるなどあってはならないことで
フィクションといえど、人々に大きな衝撃を与えました

第3段～第6段（高子との出会い～芥川での出来事）

昔、ある男がいた。のちに清和《せいわ》天皇に仕えることになる①藤原高子《ふじわらのたかいこ》という女に、男は②恋の歌を「ひじき藻」に添えて贈るなどしていた。
高子が東の五条にある皇太后宮のお邸の西に住んでいたところ、恋心を諦めきれぬ男は足繁く高子のもとを訪れていた。しかし2月10日ころ、③女はよそへ姿を隠してしまった。女に会えず苦しんだ男は、翌年の梅の花盛りのころに、去年を恋しく思い出して東の五条へ行ってみた。がらんと荒れた板敷は、去年の輝かしさと似ているはずもなく、男は月が西に傾くまでふせって大泣きしたのだった。

ある日男は高子を見つけ出し、ついに盗み出してしまう。逃げる途中、④芥川《あくたがわ》のほとりで草の上に降りた露を見て、女はあどけなく「あれは何？」と男に尋ねたが、雷や雨もひどくなってきたので、荒れた蔵の中で夜明けを待つことにした。男が女を蔵の奥に押し込み戸口を守っていた最中、蔵の中にいた⑤鬼がたちまちひと口で女を食べてしまったが、男は雷の音で気がつかなかった。夜が明けて蔵を見ると、女がいない。若い男は悔し泣き

---

①二条の后で藤原長良の娘。25歳で清和天皇の夫人となった

②当時めずらしかった「ひじき藻」を、寝具である「引敷物《ひしきもの》」とかけてある。「思ひあらば葎の宿に寝もしなむひしきものには袖をしつつも」（私に思いを寄せているなら、蔓草の茂るような荒れ果てた家でも共に寝よう。敷物代わりにに着物の袖を敷いて寝たとしても）という和歌と一緒に贈った

③高子が入内（天皇と結婚すること）を遠まわしに表現しており、二度と会えないことも意味している

④現在、大阪府高槻市を流れる川

をしたがどうにもならなかった。そして歌を詠んだ。

「白玉か何ぞと人の問ひしとき 露と答へて消えなましものを」

（あれは何？　と愛しい女が尋ねたとき、露ですよと答えて、私も露のように消えてしまえば、こんなに悲しむこともなかったのに）

第7段〜第9段（漂泊の旅のはじまり〜東くだり）

身分違いで周囲から反対されていた高子を情熱のまま盗んだものの、あっけなく奪い返されてしまった男は、京の都にいる気力を失い東に向けて旅に出た。⑥三河国《みかわのくに》の八橋《やつはし》で乾飯を食べていると、沢にかきつばたが美しく咲いていた。花を見てある人が「かきつばたという5文字を句の頭に置いて、旅の心を詠んでごらんなさい」と言ったので、男は詠んだ。

「唐衣《からころも》きつつなれにしつましあれば はるばるきぬる旅をしぞ思ふ」

（唐衣に着慣れるように慣れ親しんだ愛しい妻が都にいるので、はるばるこんな遠くまでやってきた旅をもの悲しく思うことであるよ）

さらに旅を続け、⑦駿河国《するがのくに》を経て進んでいくと、⑧武蔵国《むさしのくに》と⑨下総国《しもうさのくに》との間に

---

⑤人を食うと考えられている想像上の怪物。ここでは高子の追っ手の者が高子を保護しに来たということを「鬼に食われた」と表現している

ひとことメモ
この「芥川」の逸話は、『今昔物語集』にも登場する

⑥現在の愛知県東部

⑦現在の静岡県中部と北東部

⑧現在の東京都、埼玉県、神奈川県の一部

⑨現在の東京都の隅田川の東岸、千葉県北部、茨城県南西部、埼玉県の一部

隅田川《すみだがわ》というたいそう大きな川があった。旅の一行が川のほとりに腰を下ろして都へ思いを馳せつつ、「果てしなく遠くまで来てしまったなぁ」と互いに嘆き合っていると、船頭が「早く船に乗りなさい。日が暮れてしまう」と言うので、船で川を渡ることにした。しかしなんとも寂しい。ちょうどそのとき、見知らぬ白い鳥が水の上で遊びながら魚を食べているのが見えた。船頭に尋ねたところ「これが都鳥《みやこどり》だ」と聞いて、

「何し負はばいざこと問はむ都鳥　わが思ふ人はありやなしやと」

（「都」という名前を持っているのならば、おまえに尋ねてみよう、都鳥よ。私の愛する人は無事でいるのかどうかと）

と男が詠んだので、船に乗っている人はみな泣いてしまった。

第69段（伊勢《いせ》の斎宮《さいぐう》との逢瀬）

そして男は年を取った。男が⑩伊勢国《いせのくに》に朝廷の⑪狩の使《つかい》として行ったとき、⑫伊勢の斎宮《さいぐう》が親の言いつけに従って、細やかに男の世話をした。斎宮とは清和天皇の御時の方で、文徳天皇の皇女、つまり惟喬親王《これたかしんのう》の妹君のことで

---

⑩現在の三重県北中部

⑪平安時代、諸国に派遣された勅使（天皇の勅令を伝える使者）

⑫伊勢神宮に仕える未婚の天皇の娘。神聖な身分であるため、恋は厳禁だった

ある。2日目の夜、「どうしても逢いたい」という男の寝床に、人々が寝静まってから女がしのんで来た。男は喜んだが、満足に語り合わないうちに女は帰ってしまい、男は悲しみで眠れぬまま朝を迎えた。

翌朝、斎宮から歌が届いた。斎宮も昨夜のことが夢うつつの出来事であったと知り男は涙を流す。そこで男は「今夜もう一度逢いたい」という歌を返してから、狩に出かけた。せめて今宵だけでもゆっくり女に逢いたいと思うが、伊勢の国守《こくし》⑬の酒宴が一晩中あり、明日は尾張国《おわりのくに》⑭へ出立の予定なので、女に逢うことは叶わない。男は人知れず血の涙を流した。

夜がだんだんと明けようとするころ、斎宮から歌が差し出される。

「かち人の渡れど濡れぬえにしあれば……」

(徒歩の人が渡っても濡れもしない浅い入り江のように、浅いご縁なので……それは仕方のないこととあきらめましょう)

上の句だけの歌に、男は松明の燃え残りの炭で下の句を書き足した。

「……また逢坂の関は越えなむ」

(私はまた逢坂の関を越えて、きっと逢いにうかがいましょう)

そして夜が明け、男は尾張国へと旅立っていった。

---

⑬国の行政官として中央から派遣された官吏

⑭現在の愛知県西部

物語

光源氏を中心に描かれる恋の遍歴と人間模様

源《げん》氏《じ》物《もの》語《がたり》

平安時代中期　1008年ごろ

《作者》	
紫式部《むらさきしきぶ》	生没年不詳。越後守《えちごかみ》の藤原為時《ふじわらのためとき》を父に持つ。歌人としても優れており、中古三十六歌仙のひとり。山城守であった藤原宣孝と結婚したが死別し、本作の執筆を開始した。その後、一条天皇の中宮彰子に仕えながら執筆を続けていた。

最も古い長編小説として世界的に有名な『源氏物語』
（英語やフランス語にも翻訳されています）
作者の紫式部は夫（藤原宣孝《ふじわらのぶたか》）の死後
「亭主もおらんようになったし好きにやったるか」
という感じかも知れん。
悲しみを忘れるかのようにその執筆に取りかかりました
最初は友人の間で読まれていましたが口コミでひろまり話題沸騰に
それで源氏の君がさ
ウフフ
きゃっきゃっ
あの藤原道長までも愛読者だったといわれています
うず
はよわしにもよましてんか
うずうず
父君いやあん

物語は全54巻
光源氏の波乱万丈の
生涯は41巻まで
それ以降は
彼の宿命の子である
薫の物語が
語られています
ハナ
子
数え切れない女性たちと
とにかく逢瀬を重ねる物語…
内容はというと
プレイボーイで
知られる光源氏が
しかしそこは
世界の『源氏物語』
単なるゴシップ集に
とどまらず
当時の複雑な恋愛事情を
見事に描写しています
数多くの女性に
囲まれながらも
孤独を感じる光源氏
紫の上の嫉妬
etc…
あくまで
フィクションですが
登場人物には
モデルがいたとも
いわれています
嵯峨天皇の皇子
源融《みなもとのとおる》や
『伊勢物語』の
主人公でもある
在原業平など
どれも名だたる
プレイボーイ
ばかりです
まろがホンマの
源氏のモデル
どっせ
いやいや
まろこそ真の
てんご
言わんといて
んか
今回は41巻までで
語られている
光源氏のだれもが羨《うらや》む(?)
波乱の生涯をご紹介します

全体のあらすじ

桐壺帝《きりつぼてい》の次男として生まれた光源氏は、たぐいまれな美貌と優れた才能を兼ね備え、人々から「光《ひか》る君《きみ》」と称されながらも、しっかりとした後見がないために皇族を降りて臣下として朝廷に仕える身。義母・藤壷《ふじつぼ》の宮が幼いころに亡くした母にうりふたつだと聞いて育ち、彼女に思慕《しぼ》の念を抱いていた。12歳で元服①した源氏は4歳年上の葵《あおい》の上を正妻に迎えるが、幼いころのように藤壷と会えないうえ、葵の上は気位が高くなかなか打ち解けてくれない。源氏の藤壷への思いはさらに強くなるのだった。

18歳の春、源氏はふと通りかかった寺で藤壷の宮の面影を宿す少女・若《わか》②紫《むらさき》を見かけて心惹かれる。彼女が藤壷の姪《めい》であると知り、手元に引き取って育てたいと願い出るが、まだ幼すぎると断られ、源氏の藤壷に対する思いは増すばかり。ついに源氏は里帰りをしている藤壷のもとにしのんでゆき、夢のような逢瀬《おうせ》を遂げたのだった。その一夜で源氏の子を身ごもった藤壷は自身の罪の重さに震え、再び会いたいと願う源氏の誘いを拒み続ける。満たされぬ思いから若紫を求める気持ちが高まり、源氏はついに彼女

---

①男子が成年になったことを祝う儀式。髪形や服装をあらためる

②のちの紫の上

をさらうように自分の屋敷へ連れてきてしまった。

　その後も藤壷への思いを断ち切れない源氏は、理想の女性を求めて年上の六条の御息所《みやすんどころ》や右大臣の娘・朧月夜《おぼろづきよ》など、あらゆる女性たちと恋愛を繰り返す。一方、若紫は源氏になつき、すくすくと美しく成長していった。

　源氏が22歳のころ。ようやく懐妊した源氏の正妻・葵の上は、祭り見物の際に六条の御息所の牛車ともめ事を起こす。出産が近づくにつれ、ものの怪《け》に憑かれたように苦しむ葵の上。源氏の愛情が冷めたことに苦悩していた御息所の生霊《いきりょう》が葵の上を襲っていたのだ。苦しみながらも男児の夕霧《ゆうぎり》を出産した葵の上は、まもなくこの世を去ってしまう。御息所も自身が生霊となっていたことを悟り、娘とともに伊勢へ去って行った。悲しみに沈む源氏の心を慰めるのは、美しく成長した若紫のみ。源氏は葵の上の喪が明けると、14歳の若紫と初めて枕を交わし、正式に妻に迎えた。

　桐壺帝の死後、宮中の勢力は源氏と敵対する右大臣一派が握っていた。自分の兄である朱雀帝《すざくてい》の寵愛《ちょうあい》を受ける朧月夜との関係を密かに続けていた源氏は、ある夜、右大臣にその現場を見られて失脚。紫の上や恋人たちを残して、ひとり須磨《すま》③に隠遁《いんとん》するのだった。

---

③現在の兵庫県

須磨での侘しい暮らしを続ける源氏のもとに、夢のお告げを受けたという明石《あかし》の入道が訪れた。明石の邸に移り住んだ源氏は、入道の娘・明石の君と結ばれる。一方、源氏が須磨へ去ってから2年半、都では帝や右大臣一族に厄災が続き、朱雀帝は源氏を呼び戻すことを決意。懐妊中の明石の君に、必ず京に呼び寄せると約束して源氏は都へと戻った。

帰京の翌年、明石の君に娘が誕生し、源氏はそのことを紫の上に打ち明けた。生まれた娘・明石の姫君を将来、帝の后《きさき》にしたいと考える源氏は、紫の上に姫を養女として育ててほしいと頼む。明石の君への嫉妬心を持ちながらも子ども好きの紫の上は承諾し、やがて3歳になった姫君は紫の上のもとに引き取られた。姫を慈《いつく》しんで育てるうちに、いつしか紫の上の明石の君への嫉妬もやわらいでいった。

32歳の春、源氏は若かりし日の実らぬ恋の相手、朝顔《あさがお》の君と文のやり取りを始めていた。朝顔は昔と変わらずつれない態度だったが、そのうわさは紫の上の耳にも入ってしまう。今回ばかりは源氏の恋が真剣なのではないかと案じた紫の上は、源氏の愛情のほかに頼るものがないみずからの立場を思い、心細さと口惜しさを噛み締める。そこへ、40歳になった源氏が政治的事情から朱雀帝の娘、女三《おんなさん》の宮《みや》を正妻として迎えることに。まだ14歳の彼女の幼さに失望した源氏は、長年ともに過ごしてきた紫の上への愛情を再確認するが、それまで正妻格だった紫の上は、女三の宮の降嫁④に大きな衝撃を受けていた。表面上は平静を装っていたが心痛は大きく、数年後、ついに彼女は病に倒れてしまう。必死に看病を続ける源氏。その間に、かねてから女三の宮に恋い焦がれていた柏木《かしわぎ》（源氏の息子の夕霧の友人）が強引に女三の宮と関係を持ち、宮の懐妊が発覚。真相を知った源氏の怒りに触れて柏木は病に伏し、女三の宮が男児を出産した後に、この世を去る。そして罪の重さに堪え兼ねた女三の宮も出家してしまうのだった。

　その3年後、大病を患って以来病気がちになった紫の上もまた、露が消えるようにはかなく亡くなった。源氏51歳、紫の上は43歳の秋だった。最愛の人の死に深く傷ついた源氏は屋敷にこもり、紫の上につらい思いをさせたことを悔やみながら、自身の生涯を振り返った。そして紫の上の1周忌が終わった年の暮れ、出家を決意した源氏は年末の仏名会《ぶつみょうえ》⑤で久しぶりに人前に姿を現す。そして、昔と変わらずまばゆいばかりのその姿を、人々の目に焼きつけたのだった。

---

④皇女や王女が臣下に嫁ぐこと

⑤年末に内裏の清涼殿で過去・現在・未来の三世の諸仏の名を唱え、その年の罪障を懺悔し、国家の安泰や皇室の息災などを祈願した法会

ポイント

「源氏物語」は全部で3部からなり、ここでとりあげたのが第2部まで。第3部では、源氏の子供や孫たちの世代の物語が綴られていく。源氏本人の物語の最後の帖、「幻」と、次世代の物語の最初の帖「匂宮」の間には、帖名のみで本文のない「雲隠」という帖が伝えられていて、「匂宮」の段階で源氏は既に故人となっていることから、この帖は源氏の死が書かれたものだという説もあるが、真相は明らかではない。第3部からの推測で、出家後、数年で源氏は亡くなったとされている

歴史物語

謎の翁たちが語らう、歴史舞台の表と裏とは？

大《おお》鏡《かがみ》

平安時代後期　1115年以後

《作者》
未詳

作者は未詳で諸説あるが、皇室や藤原氏に非常に詳しく、歴史や仏教にも造詣がある教養高い男性と推定されている。現在では摂関家の縁類である第62代村上《むらかみ》天皇の子孫である源氏の源顕房《みなもとのあきふさ》だという説がやや有力だ。

平安期に栄華をきわめた藤原家の歴史が多く描かれている『大鏡』
作者や成立など現在もわかっておらず
白河天皇が即位していた時代の初期に教養のある男性貴族によって書かれたという説が有力です

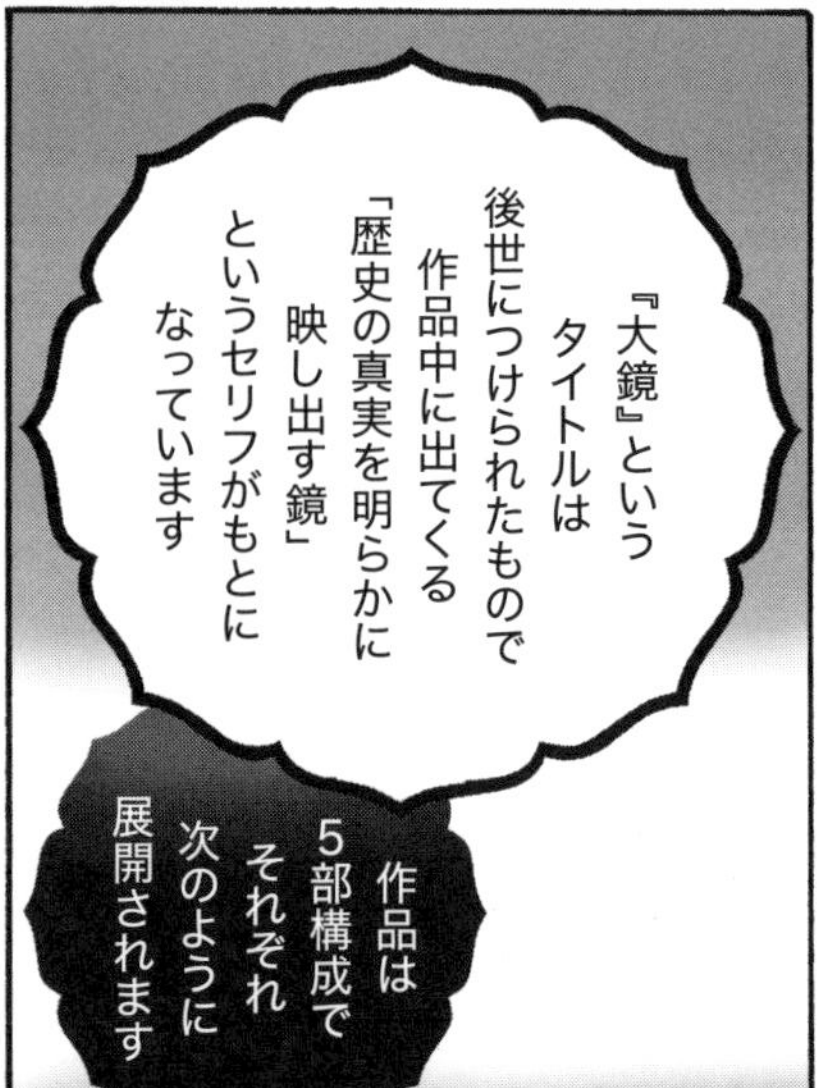
『大鏡』というタイトルは後世につけられたもので作品中に出てくる「歴史の真実を明らかに映し出す鏡」というセリフがもとになっています
作品は5部構成でそれぞれ次のように展開されます

「序」は京都・雨林院の菩提講《ぼだいこう》で100歳をゆうに超える翁の大宅世継《おおやけのよつぎ》と夏山繁樹《なつやまのしげき》とが若侍を相手に昔を語る場面にはじまります

「帝紀」では
翁たちが歴代天皇の
歴史を語り
藤原北家が政権を
掌握する経緯が——
天下とったど
道長
「大臣列伝」では
道長が他氏や同族を
排除し骨肉の争いに
勝利した経緯が——
そして『大鏡』の
最後のほうでは
当時に伝わっていた
噂話や神仏についての
信仰談が説話的に
語られています
ふぉっ
ここでは
翁たちが登場する
最初のシーンと
藤原道長のエピソード
そして
不思議なラストシーンの
あらすじをご紹介します
ふぉっ
ふぉっ

「序」雲林院《うんりんいん》での翁たちの語らい

①雲林院《うんりんいん》の菩提講《ぼだいこう》に居合わせた、100歳をゆうに超えた老人の大宅世継《おおやけのよつぎ》と夏山繁樹《なつやまのしげき》の2人。若いころ世継は②班子《はんし》女王に仕えており、繁樹は少年時代に③藤原忠平《ふじわらのただひら》公に仕えていた。政治の移り変わりを長年、間近で見てきた2人は再会を喜ぶ。今日《こんにち》の天下人、④藤原道長《ふじわらのみちなが》公の隆盛ぶりを中心に、この古い知人と歴史談義をしたいという世継の提案に、繁樹も快く応じる。そして彼らは昔話をしながら、菩提講の講師の登場を待つことにした。すると2人の老人のやりとりに興味を持った人々が集まってきた。その中には、ひときわ熱心に話に耳を傾ける若侍の姿もあった。

世継は「政治の真実を映す鏡を持った怖い老人」と自己紹介し、文徳《もんとく》天皇から後一条天皇に至る14代と、藤原冬嗣《ふじわらのふゆつぐ》から道長までの176年間という壮大な時間の中で、天皇と藤原氏の血縁関係を軸に多くの帝や后、大臣、公卿たちの様子を語ることで、おのずと道長が栄華を極めていく過程が明らかになると語り始めた。威厳のある世継の言葉に、人々は神妙な面持ちで耳を傾けた。

---

①雲林院とは、現在も京都にある臨済宗の寺院。本作のみならず『今昔物語集』の説話の中でも舞台になっている。菩提講とは法華経を講説する法会

②平安前期の女御

③平安時代の公卿で、藤原基経の4男

④入道殿。娘彰子を一条天皇中宮に、妍子を三条天皇の中宮に、威子を後一条天皇の中宮に立后させ、外戚としての地位を確立して栄華を極めた

「大臣列伝」藤原道長《ふじわらのみちなが》の逸話

道長は若いころから自信家だった。父・兼家《かねいえ》が、3人の息子を前に藤原公任《ふじわらのきんとう》⑤の優秀ぶりを誉め「おまえたちは公任の影さえ踏むこともできまい」と嘆いたときも、恥じ入るばかりの兄たちと違い、道長だけは昂然《こうぜん》と「影どころか公任の面を踏んでやる」と言い放った。やがてその言葉どおり、道長は公任を凌駕《りょうが》する。のちに公任の娘は道長の息子・教通《のりみち》と結婚するが、公任は婿にさえ頭が上がらなくなってしまう。道長のように大政治家になる者は、若いころから胆力も、神仏の加護も備えているものなのである。

また花山天皇の時代のある五月雨の夜のこと。怪談談義が高じて天皇が肝試しを提案したときも、公達《きんだち》⑥がみな怖がって尻込みする中、道長ひとりがどこへでも行くと応じた。面白がった天皇は、道長3兄弟それぞれに行き先を指定したが、あまりの怖さに途中で逃げ帰ってきた2人の兄に対し、道長は、指定場所へ行った証拠として高御座《たかみくら》⑦の一部を削って持ち帰り、涼しい顔をして木片を花山天皇に差し出した。天皇は道長のあまりの豪胆さに驚きあきれ、返す言葉がなかった。

---

⑤藤原頼忠の長男。和歌や漢詩など文学・芸術に優れた才能を見せた

⑥上流貴族の子弟

⑦天皇位を象徴する玉座

道長の持ち前の気迫は、他者を排斥する政治力として大いに発揮された。道長の最後の政敵は、兄・道隆《みちたか》の子、伊周《これちか》だった。道隆の生前、道長と伊周は競べ弓をしたことがあった。どうにか伊周を勝たせたい道隆から延長戦を提案された道長は、甘んじてそれを受けた。そして「わが子孫から天皇や后が立つのなら、この矢よ当たれ！」と射ると、その言葉どおり、的に命中した。もう1本「私が摂政・関白に立つ運命ならば、この矢よ当たれ！」と言って射ると、また命中した。気後れして震える伊周の矢はとんでもない方向に逸れてしまい、道隆の親心はとんだ仇《あだ》となった。のちに道長は摂政⑧に、娘は后になり、孫は天皇へのぼりつめた。

皇室との縁戚づくりで栄華を極めた藤原家の陰には、女たちの尽力があった。村上天皇を説得した皇后・安子の猛妻ぶりをはじめ、藤原家の女たちは実家をとても大切にした。道長と伊周との出世争いで伊周にとどめを刺したのは、伊周びいきの一条天皇の寝所に押しかけて泣き落とした、一条天皇の母で道長びいきの姉・詮子《せんし》であった。「関白職は兄弟順を守って任命すべきだ」との道理にこだわる母に逆らえず、一条天皇は道長に政権担当の命令書を出すことになった。道長の前途はここから大きく開けて

---

⑧幼い天皇の代わりに政治を行う者

いく。詮子の御尽力を道長がおそろかに思うはずはなく、道長が終生、詮子の御恩に報いたことは当然の道理である。詮子が亡くなったときには、詮子の遺骨を首にかけて葬儀に奉仕したという。

最後の場面　消えた翁たち

道長の政治について「(庶民が) 長生きしても衣食に不自由せず、みじめな思いをしなくてすむ」と絶賛する繁樹に意気投合して、道長を持ち上げる世継。困ったときの嘆願書の書き方まで聴衆に伝授する始末だ。

世継と繁樹が昔をふり返り、雲林院に集まった人々がまるで実際に歴史の舞台にいる心持ちになるような興味深い逸話に聞き惚れていたところに、菩提講の講師のお坊さまがお見えになったと周りが騒がしくなり、話の熱も冷めてしまう。さらに菩提講の途中で騒ぎが起こり、急きょ解散になってしまったため、先を争い外へ出ていく聴衆に紛れて翁たちの姿も見えなくなってしまった。世継翁に詳しくお聞きしたいことがあったのに、見失ってしまうとは残念なことであるよ。

軍記物語

平家と源氏がおりなす、戦いと栄枯衰退の物語

平家物語《へいけものがたり》

鎌倉時代前期 1219～43年ごろ

《作者》
未詳

作者については多くの説がある。兼好法師の『徒然草《つれづれぐさ》』の中には信濃前司行長《しなのぜんじゆきなが》が原作を作り、生仏という盲目の琵琶法師に語らせたと書かれているが、資料的な裏付けはない。多くの人の手で増補改訂されたと考えられている。

「祇園精舎の鐘の声
諸行無常の響きあり」
平家の栄枯盛衰が描かれた『平家物語』は
べぃ～ん
べびょ～ん
800年もの間琵琶法師によって語り継がれてきた軍記物の最高傑作です

政治の実権が貴族から武士へと移り変わっていく平安末期の動乱を描いています

第1部（巻1～巻5）の主人公は平家繁栄の礎となった平清盛
やき払え!!
栄華を極めた平家の運命が徐々に傾いていく様子が描かれています
清盛
東大寺
ゴー
あんたやりすぎやわ!!

ぴ
ぐらぐら
わあ
へそで茶がわくほどの高熱で清盛死亡。
第2部（巻6～巻8）では
木曽義仲《きそよしなか》を中心に
源氏に敗れた平家が
都を追われるまでが描かれ——
第3部（巻9～巻12）では
源範頼《みなもとののりより》・義経《よしつね》兄弟が壇ノ浦まで
平家を追い詰めていきます
（しかし平家滅亡後は
彼らも悲劇の道を歩むことに…）
ラストは
「灌頂《かんちょう》の巻」
平清盛の娘である
建礼門院の死によって
この作品は
幕を下ろす
のです
冒頭の語りから最期まで
「諸行無常」と「盛者必衰」の理《ことわり》によって
登場人物の運命は定められていることが
この作品の見どころでもあります
また、
『太平記』など
後の軍記物語にも
大きな影響を与え
現在でも浄瑠璃・
歌舞伎・テレビドラマや
舞台などの題材としても
親しまれています

第1部　平家繁栄と衰退への道程

鳥羽院《とばいん》の時代、平清盛《たいらのきよもり》の父・忠盛《ただもり》は平家一門で初めての殿上人《てんじょうびと》①となった。36歳でその跡を継ぎ平家の棟梁《とうりょう》となった清盛は、その後、保元《ほうげん》②の乱《らん》や平治《へいじ》の乱《らん》で功績をあげ、1167年、49歳で太政大臣の地位にまでのぼりつめる。さらに清盛は娘の徳子《とくこ》を妻・時子《ときこ》の甥である高倉天皇に嫁がせ、平家一門は天皇の外戚として栄華を極めていった。

一方、平家に反発する藤原成親《ふじわらのなりちか》、俊寛《しゅんかん》、西光《さいこう》ら院の近臣たちは、東山の鹿谷《ししがたに》山荘で平家打倒計画を立て始めた。時に後白河法皇《ごしらかわほうおう》も臨席したこの計画は内部告発によって露呈。西光は斬罪され、成親は流罪の後、殺害。そして俊寛と成親の子・成経《なりつね》、平康頼《たいらのやすより》の3人は鬼界ヶ島《きかいがしま》③へ流された。清盛は後白河法皇も軟禁しようとするが、息子・重盛《しげもり》に「日本は神国であり、法皇を捕らえることは神意に背くことになる」と説得され、聞き入れた。

翌年、高倉天皇と中宮徳子の間に皇子が誕生。後の安徳天皇となる皇子は東宮《とうぐう》④となり、清盛は喜びの頂点にいた。その一方で日ごろから父の暴政に心を痛めていた重盛は、激しい竜巻による天変地異に世の中の不安が高

---

①宮中で天皇のいる清涼殿への昇殿をゆるされた者のこと

②保元の乱は保元元年（1156）に朝廷が後白河天皇方と崇徳天皇方に分裂した政変。また、平治の乱は平治元年（1160）、保元の乱で勝利した後鳥羽院天皇の近臣の座をめぐって起こった争いに、源義朝と平清盛の対立が加わり激化したもの

③鬼界ヶ島は現在の場所ははっきりしないが、薩南諸島の硫黄島か喜界島ではないかと言われている

まるなか熊野参詣に赴いた。「平家の繁栄が父1代限りなら自分の命を縮め、子孫が繁栄するなら父の悪行を止めて欲しい」と祈願した重盛は、都に戻った途端、病にかかり亡くなってしまう。唯一、清盛に意見をすることができた重盛の死をきっかけに後白河法皇と清盛との関係は悪化。清盛はついに後白河法皇を離宮の鳥羽殿に幽閉してしまった。さらに翌年、法皇の第2皇子、高倉の宮が平家に対する謀反を起こす。それを制圧したあと、清盛は380年ぶりに福原⑤へ遷都を行うのだった。

新都の整備はなかなか進まず、一方で京都は荒れ果てた。そんな中、東国から源頼朝《みなもとよりとも》挙兵の報が届く。清盛は平治の乱の際に命を助けた頼朝の謀反に激怒。重盛の長男・維盛《これもり》を大将にした源氏討伐軍を富士川へ派遣した。しかし平家軍は合戦前夜、水鳥の羽音を敵襲と勘違いして敵前逃亡して不戦敗という醜態をさらす。さらに福原の不便さに批判の声が高まり、さすがの清盛も折れて、都は再び京都に戻された。福原遷都からわずか半年後のことだった。その直後、清盛は高倉の宮の謀反を助けた罪で、奈良の東大寺と興福寺に攻め込んだ。平家軍が放った火は強風にあおられて広がり、奈良の町は炎上。大仏や人々を焼き尽くす惨状となった。

---

④天皇と血のつながりがあり、次の天皇になることが決定してる男性。必ずしも長男とは限らず、一族の勢力や母親のランクが決め手となる

⑤現在の神戸市

第2部・第3部 清盛の死と源氏の内部抗争

源頼朝《みなもとよりとも》の蜂起や奈良炎上により、正月の宮中の行事もすべて中止された1181年。源頼朝の従兄弟にあたる木曾義仲《きそよしなか》が平家に対して反旗を翻《ひるがえ》し、信濃国《しなののくに》⑥で挙兵した。同時に全国で平家に対する謀反の動きが活発化する。清盛の3男・宗盛《むねもり》はみずから軍を率いて源氏討伐のため関東へ向かおうとするが、出発間際に清盛が熱病に倒れる。清盛は、「自分の死後は法事も供養もせず、まずは頼朝を討ってその首を自分の墓に供えろ」と遺言を残し、燃えるような高熱に七転八倒した末、悶絶死したのだった。

清盛の死後、幽閉が解かれた後白河法皇は御所へ戻る。一方、義仲軍は都への歩みを着実に進めていた。平家軍は維盛《これもり》を総大将にした10万余騎で義仲追討に向かう。平家軍は義仲が越前国《えちぜんのくに》⑦に築いた火燧城《ひうちがじょう》を落として勢いに乗って進軍するが、砺波山《となみやま》の戦いでは義仲の奇襲を受け、倶利伽羅谷《くりから》に人馬ともに追い落とされて7万余騎を失った。続く篠原合戦でも大敗北を喫した平家軍。ついに義仲は都入りを果たし、一方の宗盛は法皇らを伴って西国へ都落ちすることを決意した。事前にそれを察知した後白河法皇は

⑥現在の長野県

⑦現在の福井県

比叡山⑧へ逃れる。そして平家一門はまだ6歳の幼い安徳《あんとく》天皇を擁して都を離れ、二度と戻ることはなかった。

　入京後、朝廷から「朝日の将軍」と称されることになった義仲。一方、鎌倉の頼朝は院宣を受けて征夷大将軍⑨に任命された。また讃岐国⑩《さぬきのくに》八嶋へ渡った平家一門も、そこで次第に勢力を回復し、西国は平家、東国は頼朝、都は義仲と天下は三分された。しかしその後、都の流儀をわきまえず傍若無人なふるまいを繰り返す義仲に法皇から追討の命が下る。頼朝は弟の範頼と義経を都へ向かわせ、二手に分かれて宇治川と瀬田それぞれで義仲軍を撃破、義仲は琵琶湖畔の粟津で討ちとられた。

　都に入った範頼と義経は、続けて八嶋から福原へ戻り勢力を広げつつある平家軍の追討に向かう。一進一退を繰り返した一の谷合戦は、義経の奇襲・鵯越《ひよどりごえ》の逆落としで源氏軍が勝利。敗走を続けた平家軍は壇《だん》ノ浦《うら》での最終決戦で義経軍に敗れ、幼い安徳天皇は祖母・時子に抱かれて海へ沈んだ。

　平家滅亡の立役者だった義経は、壇ノ浦合戦の際に諍《いさか》いを起こした梶原《かじわら》景時《かげとき》の讒言《ざんげん》により頼朝から謀反の疑いをかけられる。追討軍に追われる身となった義経は、奥州へと都落ちするのだった。

---

⑧平安期の大僧侶最澄（767～822年）によって開かれた天台宗の総本山で、延暦寺がある山。滋賀県大津市西部と京都府京都市北東部にまたがっており、別名「天台山」とも呼ばれている

⑨幕府の主宰者

⑩現在の香川県

軍記物語

室町幕府成立までの戦いを生々しく描いた

太《たい》平《へい》記《き》

室町時代前期　1375年ごろ

《作者》
玄恵《げんえ》（らか）

生年不詳〜1350年。本作のもっとも有力な作者候補。天台宗の僧侶で儒教学や宋学にも造詣が深い。後醍醐天皇に古典を講じたといわれている。本作の作者候補はほかに、小島法師《こじまほうし》らも挙がっているが、いずれも確証はない。

『平家物語』と並んで軍記物語の傑作と称される『太平記』には
室町幕府の成立と
後醍醐天皇の時代
そしてその後の南北朝の動乱が描かれています
後醍醐天皇

『平家物語』が仏教の「諸行無常」の世界観をベースにしているのに対し
この『太平記』では「因果応報」の観念が色濃く打ち出されています
下剋上とかマジやめてほしいわ
作者は不詳也。

作品は大きく3部にわけられ
第1部（巻1〜巻11）では
楠木正成《くすのきまさしげ》の活躍を
第2部（巻12〜21）では
楠木正成の死と　第1部で
天皇側に寝返った足利尊氏の
野望に焦点を当てています

そして第3部（巻23〜40）では
南北朝の怨霊出現や足利幕府の混乱など狂騒のドラマが展開しはじめます
死んだはずの後醍醐天皇が火を噴く魔王として現世の恨みを晴らしにくる場面は必見
またこの作品は1318年から1368年ごろまでの約50年間の動乱の世を
わーっ
わー
ドタ
『正中の変』なう
ドタ
ムホン
じゃー
わー
ドタ
ドタ
ほぼリアルタイムで作品の題材にしていたとされています
その結果庶民に広く親しまれ
江戸時代には講談で語られるまでになりました
ここでは『太平記』の見どころである楠木正成の忠誠心や足利尊氏の活躍を中心にご紹介します

第1部（巻1～11）後醍醐天皇の即位～鎌倉幕府の滅亡

神武天皇から第95代目の後醍醐《ごだいご》天皇の時代、鎌倉幕府の政治は乱れていた。後醍醐天皇をはじめ貴族たちは、政治の主権を朝廷に取り戻すために密かに倒幕を企てていたが、仲間のひとりであった土岐頼員《ときよりさだ》が妻に倒幕計画を話してしまったことから陰謀が発覚。幕府に討伐されてしまう。

その後、後醍醐天皇が再び倒幕に向けて動き出したことを知った幕府は、天皇を流罪にする。しかし笠置寺《かさぎでら》①へ逃れた天皇は河内国《かわちのくに》②から楠木正成《くすのきまさしげ》を呼び寄せ、天皇への忠誠を誓わせた。やがて幕府軍は笠置を攻め落とすが天皇は変装して脱出し、正成のいる赤坂の城③を目指す。しかし幕府軍に捕らえられ、今度は隠岐島《おきのしま》④へ流されることになった。

元弘2年⑤、京都では光厳《こうごん》天皇が即位した。一方鎌倉では北条高時《ほうじょうたかとき》が犬合わせ⑥に夢中になり、幕府は衰退の途をたどっていった。そのころ赤坂の城を落ちのびた正成《まさしげ》は、再び挙兵し天王寺まで進出。ここで幕府の滅亡が近いことを知った正成は、河内の千早城に籠城した。天才的な策略家であった正成は、藁人形で敵をあざむき、熱湯をかけるなどの奇策と山岳ゲリラ

---

①京都相楽郡にある真言宗の寺
②現在の大阪府東部
③大阪府河内にある城
④島根県にある島で、古くから流刑の地として知られている
⑤1332年
⑥犬を噛み合わせて戦わせる競技。闘犬

戦を展開して、10万におよぶ幕府軍を翻弄し、滅亡へと追い込んだ。

　幕府の西の拠点である京の⑦六波羅探題《ろくはらたんだい》も、⑧播磨国《はりまのくに》の赤松家の攻撃を受け、関東から足利尊氏《あしかがたかうじ》らの大軍が派遣された。しかし尊氏が後醍醐天皇に寝返ったことにより、後醍醐天皇側は六波羅探題を攻略した。関東でも、挙兵した新田義貞《にったよしさだ》が破竹の勢いで鎌倉へ突入し、鎌倉幕府は滅亡。隠岐島を脱出して⑨船上山《せんじょうざん》にいた後醍醐天皇は京に戻り、公家一統の世となった。

第2部（巻12〜21）　建武の新政失敗、南北朝分裂と後醍醐天皇の崩御

　朝廷主導の新政権は、後醍醐天皇の独裁体制により急速に混乱に陥った。⑩建武3年には⑪中先代《なかせんだい》の乱が勃発。東の異変を知った足利尊氏《あしかがたかうじ》は弟の直義を救援すべく、鎌倉に向かい乱を鎮圧した。尊氏はその後、後醍醐天皇との関係が悪化し、独自の政権樹立の意志を固めて鎌倉に留まったため、朝廷は新田義貞《にったよしさだ》率いる討伐軍を派遣した。弟の敗北を聞き出陣した尊氏は、朝廷軍を破ると義貞軍を追いかけた。尊氏は後醍醐天皇を比叡山へ追いやるも、楠木正成ら天皇側の反撃でいったん九州に没落。しかし⑫太宰府天満宮《だざいふてんまんぐう》

---

⑦承久の乱の後、幕府が京都六波羅の北と南に設置した出先機関

⑧現在の兵庫県南西部

⑨鳥取県東伯郡にある山

⑩1335年

⑪北条高時の遺児、時行が、諏訪頼重らに擁立され、鎌倉幕府復興のため挙兵した

⑫菅原道真が筑前国の大宰府に流され、同地で亡くなった後、道真の怨念のしわざと考えられる不吉な出来事が相次いで発生したので、道真の霊を鎮めるために建てられた

を拠点に、再び大軍を率いて京へと迫った。

尊氏を迎え撃つことになり、正成は死を覚悟する。正成は兵庫の湊川《みなとがわ》へ向かう途中、桜井の宿で息子の正行《まさつら》にこう遺言し、河内へと返した。

「もし正成が討ち死にしたと聞いたなら、天下は必ず尊氏の治世となると心得よ。しかしたとえそうなっても、おまえは長年の忠節を捨てず、金剛山あたりに立てこもって最後まで戦うのだ。それが父への孝行となる」。

やがて正成は足利の大軍に敗れた。このとき正成が弟の正季《まさすえ》に「最後におまえは何を願うか」と聞くと、正季は「7度生まれ変わっても、朝敵を滅ぼしたい」と答える。正成もそれに同意し、兄弟は刺し違えて自害した。

京では尊氏の擁立した光明《こうみょう》天皇が即位。後醍醐天皇は吉野で南朝を創始して南北朝時代⑬を迎える。しかし「わが亡骸は吉野の苔に埋もれても、わが魂は常に京の方を見ているぞ」と遺言を残し、後醍醐天皇は病死した。

第3部（巻23～40）太平の世へ

無念の死を遂げ、亡霊騒ぎ⑭を起こしていた楠木正成の13回忌に当たる

⑬1336年から1392年に両朝が統一されるまでの時代

⑭湊川の戦いで正成を討った大森彦七（盛長）は正成の亡霊に襲われるが、大般若経を唱えて退散させた（第23巻）。この逸話は歌舞伎化もされている

年、息子の正行《まさつら》は幕府に挙兵するが、高師直《こうのもろなお》⑮兄弟との対戦で壮絶な討ち死を遂げる。正行を倒した師直は、吉野を焼討ちにするなど悪行の限りを尽くした。このころ仁和寺《にんなじ》⑯に天狗⑰が集まり、足利尊氏とその弟・直義《ただよし》と高師直の内紛を画策していた。天狗の予言どおり、やがて師直兄弟は、直義との確執《かくしつ》の中で滅んだ。執事・師直を失った足利尊氏と直義の間にも対立が起き、直義は尊氏に毒殺される。その後も大きな合戦を経て京を奪回した尊氏だが、背中の腫れ物が原因で亡くなった。

2代目足利将軍・義詮《よしあきら》の時代になり、北野天満宮に参詣した日《ひ》野《の》僧正《そうじょう》頼《らい》意《い》は、遁世者、殿上人、法師の3人が世の中の因果について話しているのを聞き、混乱の収束も近いだろうと期待する。義詮は南朝征伐に苦戦したが、大内弘世《おおうちひろよ》や山名時氏《やまなときうじ》など、南朝方の大物が次々に北朝に帰順。また関東では足利基氏《あしかがもとうじ》の威勢が強まり、幕府内部の主導権争いは終息する。

ところが間もなく基氏、義詮が相次いで死去。国内の乱れが心配されたが、幼将軍の義満《よしみつ》の補佐として、人徳も政治手腕も備えた管領《かんれい》⑱・細川頼之《ほそかわよりゆき》が上京した。そして、ようやく「中夏無為《ちゅうかぶい》の代」、すなわち太平の世が実現した。これは実に喜ばしいことである。

---

⑮師直は尊氏の執事で、弟の師泰とともに横暴をふるった

⑯京都府京都市にある真言宗御室派の総本山。古くから皇室と関わりが強い

⑰古くから、怨霊が天狗になるという言い伝えがある。そのため、ここでは後醍醐天皇の側近たちが成仏できず、天狗となって尊氏への復讐を画策したと考えられる

⑱室町幕府において、将軍に次ぐ最高の役職

浮世草子

成功への道を説いた江戸時代の実用バイブル

日本永代蔵《にっぽんえいたいぐら》

江戸時代前期　1688年

《作者》
井原西鶴《いはらさいかく》

1642年、大阪の裕福な町家に生まれた。21歳ごろに俳諧の優劣を判定する判者となったが、1682年に刊行した『好色一代男』が好評を博し、浮世草子の制作に転身。好色物や町人物など、10年間で20以上もの作品を発表した。

『日本永代蔵』という
タイトルの意味は
わてが西鶴でおま。
「永遠に続いてゆく
豊かな蔵」のこと
この作品は
お金もうけを目指す
当時の町人たちの
成功や失敗を
ビジネス書のような
切り口で
描いています
江戸時代の町人階級といえば
資本を貯蓄しはじめ
銭やったらぎょーさんあるで〜
経済の実権を
握るようになっていました
貨幣が統一され
江戸では金が
大阪では銀が
通貨として流通し

様々な方法で
商品を流通させて
儲けを得る
資本主義の真っただ中
作者の西鶴は
『好色一代男』など
男女の性生活を
描いた〝好色物〟で
すでに売れっ子
でしたが
この風潮を受けてか
今までの作風とは異なる
本作を書きはじめました
とりわけ
「宵越しの金は
持たず」を
モットーとする
江戸っ子たちに
はー
こらホンマ
べんきょうになるわー
「倹約」の重要性や
お金の使い方を説き
たちまち
ベストセラーに
無一文から大金持ちになった
成金の話や
ボンボンが豪遊に明け暮れて
破滅をたどる話など
えーん
本書には
さまざまな例が
紹介されています
ここでは
今も十分に通用する
お金にまつわる
教訓の一部を紹介します

全体のあらすじ

商売の心構えについて。たとえば、3700石を積んでも船足が軽いような大船で北国の海を乗り回し、大阪で米の商売をした男がいた。彼の商売がうまくいったのはひとえにやりくりがうまかったからだが、大阪にはこの男のように大商《おおあきな》いをする商人がたくさんいた。ところで、このように成功する者たちは、もとはといえば丁稚奉公《でっちぼうこう》に出された百姓の次男や3男である。子どものころは頼りなくとも、主人のおともをするうちに次第に自分でも商いを始める。中には人に迷惑をかけて大成しない者もいるが、どうなるかはまったく自分自身の心構え次第なのだ。

奉公について。成功するために大事なことのひとつは、よい主人を持つことである。ある指物細工《さしものざいく》職人の弟子は、親方が10貫目《かんめ》の銀箱ばかり作っているので、結局独立しても簡単な日用品すら作れなかった。

成功した母子について。世渡りの術はどこにでもある。北浜に陸揚げするときにこぼれる米を箒《ほうき》で掃き集めて息子を育てている老女があったが、世の中の景気がよくなるにつれてこぼれ落ちる米も多くなり、いつしか大量の米が老女のもとに残ることとなった。倹約しながらそれを売って生計を立てるうちに、20年あまりのうちに①12貫500匁《もんめ》も貯まったのである。息子も母の教えに従い、財を守って手堅い商売をして大成した。息子はたくさんの蔵を持つようになってからも、商運が落ちるともいわれる古い箒を、「母はこれで成功を収めた。家の宝だ」と奉っているのである。

藤氏について。②1000貫もの金を持ちながら借家に住んでいた藤氏という倹約家の金持ちもいた。この人が金持ちになったのは、毎日何でも記録しておくような勤勉さと、単襦袢《ひとえじゅばん》に綿300匁を着て過ごすほどの倹約ぶりのためである。かといって生まれつきのけちなのではなく、人の手本になろうと励んでいたためなのだ。この人の娘も、親に習って倹約に努め、8歳からは墨で袂《たもと》を汚さず、節句の雛遊びもせず、盆踊りにも出かけなかった。身の回りのことについても人の手を借りない。いずれにしても、女の子は遊ばせるものではないのだ。

よくない成功の仕方について。人をだまし、金儲けの手段に③観音信仰を利用した男がいた。一度は成功したが、結局落ちぶれてしまった。非道な金儲けの方法に、世間の人はそうそうだまされないものなのだ。

---

①約1375万円（1貫＝1000匁。江戸中期の平均相場で換算し、金1両＝60匁、金1両を現代の6.6万円とした場合）

②約11億円

ひとことメモ
江戸時代は、大阪をはじめ西日本では「銀」を使い、江戸を中心とする東日本では「金」が使用された。それぞれ異なった貨幣体系を成しており、その両替には両替商が介在していた。交換相場は幕府が操作して経済政策を行っていた
金貨の単位…両、分、朱
銀貨の単位…貫、匁、分、厘、毛
江戸時代の平均相場はだいたい、金1両＝銀60匁＝銭4000文＝6.6万円

③1世紀ごろのインドに起源を持つ。日本には飛鳥時代に伝わり、観音菩薩像が多数作られた。現世の苦しみからの脱却や、現世利益が中心の信仰

戯曲

相愛を貫き死を選ぶ、哀しき男女の恋物語

曽《そ》根《ね》崎《ざき》心《しん》中《じゅう》

江戸時代中期　1703年初演

《作者》
近松門左衛門《ちかまつもんざえもん》

1653～1724年。武士の子として生まれる。浄瑠璃の第一人者、宇治加賀掾《うじかがのじょう》のもとで修業を積み、歌舞伎や浄瑠璃のシナリオを創作。浄瑠璃では写実的な作品を書き、古浄瑠璃の枠を越えて「世話物」というジャンルを開拓した。

中世の芸能が「能」と「狂言」なら
近世芸能の中心は「歌舞伎」と「浄瑠璃」です

浄瑠璃は　15世紀後半にはすでにジャンルとして確立されていました
当初は扇拍子や琵琶を伴奏に牛若丸と浄瑠璃姫の情話を語るものでしたが

三味線を導入し傀儡子《くぐつ》（操《あやつ》り人形師）の操り人形と結びついたことで舞台芸能として定着しました

江戸時代になると近松門左衛門が世話浄瑠璃といわれる町人のための最初の浄瑠璃作品を生みだしました
それが『曽根崎心中』です

世話浄瑠璃は
それまでの
浄瑠璃のように
神仏や歴史を
題材とせず
人形師の
竹本義太夫の
協力もあって
近松の文学性が
最大限に発揮され
現実社会の義理人情と
揺れ惑う男女の恋愛を
ドラマチックに描きました
そこでは愛を貫いて死ぬことが
美しいまでに
表現されており
この演目を皮切りに
「心中もの」がブームに
江戸人の感覚では女郎の足ぬけは「野暮の骨頂」だったそうであります。
共感した人々の間で
心中が流行して
しまったようです
そのため江戸幕府は
心中ものの上演を禁止
心中した2人の一方が
生きていた場合は処刑されたり
2人とも生き残った場合でも
さらしものにされたようです
さらしもの
この「果たされぬ悲恋の美しさ」は
形を変えて現代の映画やドラマにも
登場するテーマですね

全体のあらすじ

平野屋の手代《てだい》①、徳兵衛《とくべえ》が大阪・生玉《いくたま》の社をとおりかかったのは4月6日のことだった。茶屋から「徳様…」と声がするのを見れば、慣れ親しんだ仲である天満屋《てんまや》の花魁《おいらん》、お初《はつ》。最近、徳兵衛が店に来ないことを悲しんでいるのだった。徳兵衛がお初に会えないのには理由があった。実の両親に死に別れた徳兵衛は、叔父が営む平野屋で奉公しており、叔父の姪との縁談を持ちかけられていた。さらに徳兵衛の継母《ままはは》が勝手に叔父と約束し、銀《かね》②2貫目を受け取ってしまっていた。頑《かたく》なに縁談を拒む徳兵衛に対し、叔父は「それなら4月7日までに銀を返せ」と迫る。徳兵衛は遠くに住む継母のもとへ赴き、村中の人に口を利いてもらうなど手を尽くしてようやく2貫目の銀を取り返すことができた。しかし、ここで徳兵衛の前に現われたのが、かねてから兄弟同然の付き合いをしている油屋の九平次《くへいじ》。「たった1日要ることがある」という頼みに徳平衛はつい2貫目を貸してしまったが、待てども九平次からは連絡が来ない。そんな話をお初にした後、訝《いぶか》しがりながら街を歩いていた徳平衛の目に、九平次と取り巻きの衆が目に

---

①江戸時代の商家で、番頭と丁稚《でっち》との間に位置する奉公人

②220万円（銀1貫＝1000匁。江戸中期の平均相場で換算し、金1両＝銀60匁、金1両を現代の6．6万円とした場合）

入った。詰め寄る徳平衛にしらばっくれる九平次。徳平衛が印判付きの証文を見せると、「徳平衛が印を盗み、おれから銀を取ろうとしている」と皆の前で言うのだった。あまりのことに激高した徳兵衛は九平次につかみかかるが、取り巻きのいる九平次にはかなわない。ぼろぼろに踏み破られた編み笠をかぶりなおし、徳兵衛はお初のもとに向かった。

お初のもとには、徳兵衛が詐欺を働いて捕まったなどという、嫌なうわさが届いていた。心を痛めるお初の目に、編み笠で顔を隠した徳兵衛が表に立っているのが映った。誰にも気づかれないように徳兵衛を店の縁の下に招き入れたところに、客としてやってきたのが九平次。「贋《にせ》証文で欺《あざむ》こうとした徳平衛は処刑されるに違いない」などと言いふらす九平次に、お初は独り言のふりをして「恥をすすぐためには死なねばならない。徳様の気持ちを聞きたい」と口走ると、徳兵衛も縁の下でのど笛を鳴らし、死ぬ覚悟を知らせる。「わしも一緒に死ぬわいの」とつぶやくお初の膝に、徳兵衛は抱きついて泣いた。気味悪がった九平次が帰った後、お初と徳兵衛は手に手を取って梅田橋を渡り、天神の森へ赴く。2人の前には、ただただ死出の旅路が広がっているのであった。

読本

9編の怪談、奇談からなる怪奇小説の最高傑作

雨《う》月《げつ》物《もの》語《がたり》

江戸時代後期　1776年

《作者》
上田秋成《うえだあきなり》

1734〜1809年。本名は東作。大阪曽根崎の遊妓の子として生まれ、5歳のときに痘そうにかかり指が不自由になった。歌人、随筆家、浮世草子、読本作家としても優れていた。国学・医学を志し、本居宣長としばしば論争した。

作者の上田秋成は
すでに浮世草子の作家として
名の知られた存在でしたが
好んで読んでいた
中国の文学の影響を受けながら
新たな創作を目指したのが
この『雨月物語』でした

作品名の由来は
序文にある「雨は霽れて
月は朦朧の夜」※という
一文から取られています

※雨が晴れて月がぼんやりと輝く夜、の意

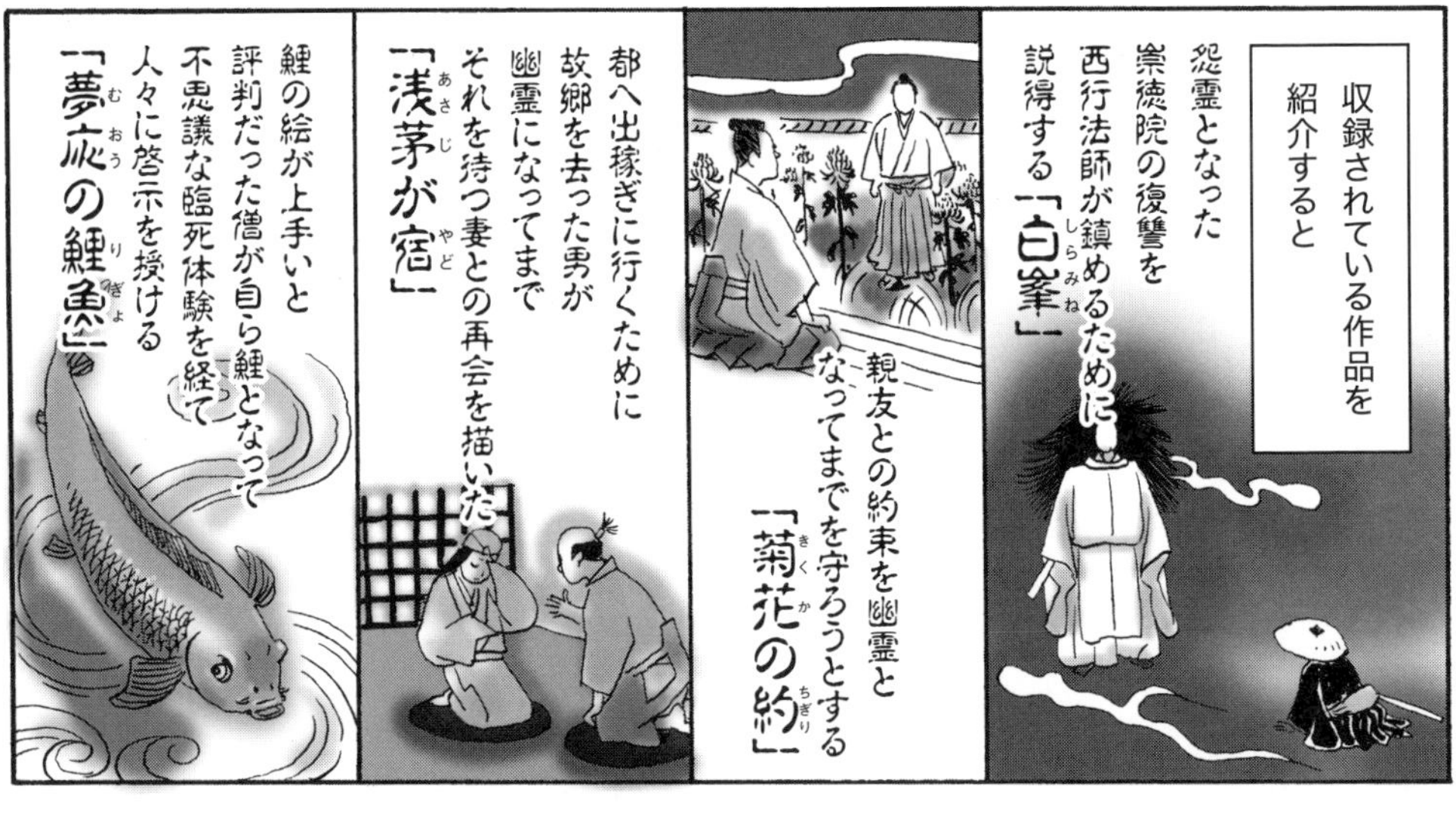

収録されている作品を
紹介すると
怨霊となった
崇徳院の復讐を
西行法師が鎮めるために
説得する「白峯《しらみね》」
親友との約束を幽霊と
なってまでを守ろうとする
「菊《き》花《くか》の約《ちぎり》」
都へ出稼ぎに行くために
故郷を去った男が
幽霊になってまで
それを待つ妻との再会を描いた
「浅《あさ》茅《じ》が宿《やど》」
鯉の絵が上手いと
評判だった僧が自ら鯉となって
不思議な臨死体験を経て
人々に啓示を授ける
「夢《む》応《おう》の鯉《り》魚《ぎょ》」

旅の親子が
真夜中の高野山で
豊臣秀次の怨霊たちの
宴に巻き込まれる
「仏法僧《ぶっぽうそう》」
夫に尽くす献身の妻が
浮気され捨てられた後に
怨霊となって
夫を祟り殺す
「吉備津《きびつ》の釜《かま》」
蛇の化身の女に
つきまとわれる
男を描いた
「蛇性《じゃせい》の婬《いん》」
稚児を愛したが故に
人の屍肉を食らうように
なった破戒僧を
村に立ち寄った
快庵禅師が救済する
「青頭巾《あおずきん》」
小さな翁に化けた黄金の精霊が
金を大事にする武士の
貧富や乱世の
行く末を予言する
「貧富論《ひんぷろん》」
が収められています
これらの話は誰もが持ちうる
深い業や情念の末路を
見事な文体で描き出しており
それぞれに時代や登場人物が
独立しているにも関わらず
怨念との遭遇や死者との対話といった
共通のテーマをもっています
そのために参考にされた
日本の古典や中国の小説は
実に100以上にのぼると
いわれており
当時の社会と
そこに生きる人間を題材に
秋成が選んだふさわしい
過去の時代や怪談が
モチーフとなっています
それでは9話の中から
ここでは特に恐ろしい
3つの怪談を
ピックアップして
ご紹介いたします

浅茅《あさぢ》が宿《やど》

①下総国《しもうさのくに》の葛飾郡《かつしかごおり》、②真間《まま》の里に勝四郎という男がいた。広い田畑を持つ裕福な家の跡継ぎだったが、次第に貧乏になってしまった。これではいけないと思った勝四郎は、足利絹の取り引きにやってくる商人に「京都で商売をしたい」と頼む。商人は快諾したが、器量よしで聡明な勝四郎の妻の宮木《みやぎ》はひどく心配した。結局出発した勝四郎だが、その年③（享徳《きょうとく》4年）に享徳の乱が起こり、家に戻ることも手紙を送ることもできなくなってしまった。そのまま6年の月日が流れて④寛正《かんしょう》2年、畠山氏の親族争いが起こったことにより京都は騒がしくなった。不安定な世の中を見て勝四郎は帰郷を決意し、ようやく真間の里に戻る。里は荒れ果てて空き地も多かったが、勝四郎の家は残っており、宮木の姿もあった。勝四郎がこれまでの不在をわび、再び会えた喜びを話せば、宮木も泣きながら喜ぶ。しかし、「また明日語り合おう」と床についた勝四郎が目をさますと、荒れた家の中に宮木の姿はない。先ほど見たのは宮木の魂だったのだ。勝四郎は宮木の弔《とむら》いをしたという老人を訪ね、⑤拙い歌を詠んで宮木を偲ぶのだった。

---

①現在の千葉県北部と茨城県の一部

②現在の千葉県市川市真間。古代から和歌でよく詠まれる地名だった

③1455年に起きた、鎌倉御所と京都の幕府との戦

④1461年

⑤「いにしえの真間の手児女をかくばかり恋いてしあらん真間の手児女を」（むかし真間に住んでいたという伝説の美しい少女を恋しく思う人を、今の自分に置き換えると、こんなに嘆き深いものなのかと思い知らされるよ）

青頭巾《あおずきん》

快庵禅師《かいあんぜんじ》⑥という高僧が修行の途中、下野国《しもつけのくに》⑦に立ち寄ったときの話。彼がある村で一夜の宿を頼もうとすると、「山の鬼が来た」と棒で打たれそうになった。理由を聞くと、村の山にある寺院に暮らす住職が鬼になってしまったという。この住職は越国《こしのくに》⑧から帰国した際に雅《みやび》な稚児《ちご》⑨を連れ帰り愛《め》でていたが、その稚児が病気で亡くなってしまい、嘆き悲しんだ住職はその遺体を愛撫して食べ尽くしてしまったのだという。その後も高僧は夜な夜な村に下り、新しい墓をあばいて死骸を食べているらしい。これを聞いた禅師は山に上り、住職を訪ねた。夜中、住職は禅師を襲おうとしたが、その汚れた目に徳を積んだ禅師の姿は映らなかった。みずからの悪業に気づき禅師に救いを求める住職に、禅師は自分の被っていた紺染めの頭巾を被らせ、⑩「紅月照ラシ松風吹ク 永夜清宵《えいやせいしょう》何ノ所為《しょい》ゾ」という句を告げた。そして「この句の真意を考え続けよ」と住職を諭《さと》して下山した。1年後、またこの山を訪れた禅師はこの句を唱え続ける住職の姿を見た。禅師が大声で叱りつけると住職は消え失せ、後に青頭巾と骨だけが残った。

---

⑥現在の鹿児島県出身で15歳で出家した禅宗の僧侶

⑦現在の栃木県

⑧現在の福井県敦賀市から山形県庄内地方の一部

⑨寺院で僧侶に仕え、雑用をつとめた少年たち。女を愛してはならない僧侶たちは、稚児に愛情を注ぐこともあったという

⑩曹洞宗で朝夕に唱えられる「証道歌」のうちの1句。「入り江に月の光が差し、松には風が吹く。この長い夜の清らかな景色はいったい何のためにあるのか」という意味だが、禅の思想がこめられている

蛇性《じゃせい》の婬《いん》

紀伊国《きいのくに》⑪に住む漁師の末子・豊雄《とよお》という男は、美男子でおっとりとした人柄だった。あるとき知人の家で雨宿りをしていた豊雄は、お供の小娘・まろやを連れた美しい女・真女児《まなご》に出会う。その気品ある姿に惹かれた豊雄が翌日真女児の家を訪ねると、真女児は豊雄に「どうか一緒になってほしい」と頼み、亡夫の忘れ形見と言って宝刀を持たせた。しかし、その宝刀は新宮に奉納された宝物から盗まれたもので、豊雄は捕まってしまう。役人たちが豊雄から教えられた真女児の家を訪ねると、誰も住んでいないかのように荒れ果てており、中から生臭い風が吹いていた。奥に進むとあでやかな姿の真女児がひとりで座っていたが、突然の雷鳴とともに姿を消してしまった。

妖怪にだまされたと判明してどうにか牢から出た豊雄は、傷心のあまり家に戻らず、石榴市《つばいち》⑫に暮らす姉夫婦のもとに身を寄せる。しかし、そこにも真女児とまろやが現われた。真女児は、宝刀が盗品とは知らなかったといい、しきりに許しを請うた。はじめは怪しんでいた豊雄も、その美しさ

---

⑪現在の和歌山県

⑫現在の奈良県桜井市三輪付近。門前市として栄えた

やいじらしさに心が動く。そして姉夫婦が真女児を信頼したこともあり、夫婦の契りを交わしてしまった。しかし、姉夫婦たちと吉野の見物に行ったときのこと。偶然出会った神主の酒人《きびと》という人が真女児を蛇の化身と見抜いて怒鳴りつけると、真女児とまろやは滝に飛び込み姿を消した。豊雄は酒人から諭され、自分にも妖怪につけこまれる隙があったと気づいた。

国に戻った豊雄は庄司家の富子《とみこ》という女と結婚し、暮らしを改めようとする。しかし、婚礼から2日目の夜、みたび現われた真女児が富子に乗り移り、まろやも出現。ちょうど向かいの寺に泊まっていた坊様に祈祷を頼むが、返り討ちに遭ってしまった。真女児はついに本来の姿である大蛇となり、真っ赤な舌を見せた。豊雄はもはや「自分の命を差し出す」と覚悟を決めたが、庄司家の主人が⑬道成寺《どうじょうじ》の法海和尚《ほうかいおしょう》を呼ぶことを提案する。豊雄が法海から渡された袈裟《けさ》で真女児を抑え、法海がとどめの経文を唱えると、ようやく真女児とまろやからその妖気を削ぐことができた。そして小さな蛇に戻った2匹を、鉄の鉢に入れて封じた。この件で体がすっかり弱ってしまった富子は間もなく亡くなったが、豊雄は無事に生き、庄司の家を継いだという。

---

⑬歌山県日高郡日高町にある天台宗の寺

物語のそれから
この後、道成寺へ戻った法海和尚は、本堂の前を深く掘って蛇を鉢ごと埋め、二度とこの世にでてこないよう封じ込めた。現在でもこの寺には、埋めた跡に立てた蛇塚がある

滑稽本

弥二さん喜多さんのドタバタ珍道中

東《とう》海《かい》道《どう》中《ちゅう》膝《ひざ》栗《くり》毛《げ》

江戸時代後期　1802〜22年

《作者》
十返舎一九《じっぺんしゃいっく》

1765年、街奉公の同心の子として生まれる。本名は重田貞一《しげたさだかつ》。若いころは近松余七の名で大阪で浄瑠璃の合作をしていた。江戸に来てから黄表紙本の執筆を始めたが、『東海道中膝栗毛』が好評を博し、以後戯作に専念した。

太った中年男の
弥次郎兵衛（通称・ヤジさん）と
背が低く獅子鼻が特徴的な
喜多八（通称・キタさん）の
旅の珍道中を描く
『東海道中膝栗毛』
作者の十辺舎一九が作家として
活躍した時代は
江戸文化が豊かに繁栄し
識字率が高まった
ころでもありました
十返舎一九
先生。
ちょっとエッチで
おかしい弥次喜多の
珍道中は
身分や年齢のちがいを超えて
親しまれたようです
はじめは
見込みがない
といわれ
出版を
断られたりも
したようですが…
だめ
だめ
えー
そんなとき
書店仲間の
村田屋治郎兵衛が
友だちのよしみ
引き受けてくれ
1802年に出版
なんとこれが
大ヒット！
ベストセラー
わ〜い
1810年には
続編が生まれ
はたまたヒット
1812年には
弥次喜多の生まれや
旅立ちまでの経緯を
明かすスピンオフ本まで
発売されました

そして1822年に出た
12編の下巻で
ようやく弥次喜多は
長い旅を終えて江戸に帰還！
足掛け21年に及ぶ
長旅シリーズとなりました
江戸
「キタさん ややっと 帰えれたと…
「なげえ 旅だったな…
ぱったり
ちなみにちょうど
江戸落語も盛んな
時期でもあり
弥次喜多道中
え
『東海道中膝栗毛』と
江戸落語はお互いに
ネタを提供し合う
関係でした
二人連れが旅をする
旅行記のスタイルを復活させ
なおかつ主従関係を
もたせなかったことが
成功の決め手となりました
自称江戸っ子の2人は
地方人を田舎者とバカにし
訪れる各地で迷惑をかけますが
楽天的な明るさでついついまわりは
2人を許してしまいます
背景に難しい思想や哲学がなく
ただ本能のおもむくままに
馬鹿なことをやる痛快さこそ
この作品の魅力なのです
宿場ごとに名物を紹介したり
挿絵の画賛に地元の狂歌師の
作を使ったりしたことが
地方人の
地元意識を刺激し
本作の売れ行きに
繋がったこともあるでしょう
焼きはまぐり
とろろ汁
すっぽん
そんな
弥次喜多の
珍道中の一部を
どうぞご覧ください

全体のあらすじ

①駿府《すんぷ》にある「栃面屋《とちめんや》」という裕福な商人の家に生まれた弥次郎兵衛《やじろべえ》（弥次）は、生まれついての放蕩息子《ほうとうむすこ》だった。女遊びや②若衆遊《わかしゅうあそ》びの果てに金を使い尽くして、もとからの男色相手だった若衆鼻之輔《はなのすけ》と駆け落ち。そして江戸の神田八丁堀に住むことになる。鼻之輔は喜多八《きたはち》と改名して居候《いそうろう》となり、弥次は年かさの女房を迎えて10年あまりはその日暮らしを続けていた。

女房に飽きた弥次はあるとき、知り合いのお蛸《たこ》と芋七《いもしち》にひと芝居打たせる。芋七が侍、お蛸がその妹に扮し、侍役の芋七に「妹がかつて契りを交わした弥次様と添い遂げたいと言うが、どう責任をとるのだ」と責めさせたのだ。「出て行かぬ」という女房に弥次も「別れぬ」と嘘を言うが、結局弥次は離縁状を書き、女房は出て行ってしまった。この裏には実は、女房を追い払ったあとで、弥次がさる隠居が妊娠させてしまった女中を引き取るかわりに15両もらうという計画があった。喜多八が奉公先で使い込んだ15両の穴埋めをするつもりだったのである。しかし、やって来た妊娠中の女は、実は喜多八が奉公先で孕《はら》ませてしまった女で、使い込んだ15両と

---

①現在の静岡市周辺
②女ではなく男を買う性の娯楽

は、女の持参金だったことが判明。だまされたと怒る弥次と、喜多八・芋七が言い争う横で、女は突然産気づいて苦しみだし、あっけなく死んでしまった。散々な気持ちで葬式を出す弥次と喜多八。この件で江戸に居づらくなったこともあり、2人は厄落としのつもりで伊勢参りをしようと思い立つ。江戸を出発したとき、弥次は数え年で50歳、喜多八は30歳だった。

品川や戸塚、藤沢などを歩き小田原に到着した2人。宿の下女をひやかしたりして、ふざけながら風呂場に行ってみると、この宿は流行りの五右衛門風呂《もんぶろ》③だった。釜の上に鍋をかけ、その上に風呂桶を載せているので、湯に浮いている底板を足で沈めて入らないと足をやけどしてしまう。それなのに、その作法を知らない弥次は底板を蓋《ふた》だと思って取りのけてしまった。もちろん入った途端に足をやけどして、どうしたものかと思案をめぐらせていると、そばに便所の下駄がある。これを履いて湯に入ったあとで、弥次は喜多八をからかってやろうと下駄を隠して湯をすすめた。喜多八はしらを切る弥次をいぶかしんだが、結局下駄を見つけてしめたと思い、湯に入った。下駄を使ったものの、尻が熱くなってしまった喜多八。そして風呂の中で立ったり座ったりを繰り返すうちに釜の底を踏み抜いてしまう。

---

③かまどの上にのせた鉄製の釜に桶を取りつけたもの。浮き蓋にした底板を沈めて入浴する

宿屋の亭主にこっぴどく怒られ、修繕代として二朱銀《にしゅぎん》④を取られてしまったのだった。喜多八はふさぎこむが、宿屋の女を口説くのに成功した弥次は、あとで部屋に女が来ると浮かれている。腹を立てた喜多八は、女に「弥次は瘡掻《かさかき》⑤で雁瘡《がんがさ》⑥で腋臭《わきが》だ」と吹き込む。女は恐れをなして逃げてしまい、今度は弥次が恨めしい気分になるのだった。

旅は進んで、三重県の四日市を過ぎ、上野の宿。2人が詠じる狂歌《きょうか》⑦に感心した「南瓜《かぼちゃ》の胡麻汁《ごまじる》」という男が名前を尋ねてきたので、思わず弥次は「十返舎一九《じっぺんしゃいっく》⑧」と、そして喜多八は弟子の「一片舎南鐐《いっぺんしゃなんりょう》」と名乗った。接待を申し出られた2人は雲津《くもづ》にある胡麻汁の自宅に向かう。膳に置いてあった、こんにゃくを温めるための焼き石を勘違いして口に入れた2人は「石もなかなかうまい」と知ったかぶりをする。その後、近所に住む胡麻汁の狂歌仲間が十返舎一九を一目見たいと集まり、2人は四苦八苦してごまかす。しかし、狂歌仲間のひとりのもとに、本物の十返舎一九から「今からそちらに向かう」という手紙が来て、嘘が露見してしまった。一同に「はじめから辻褄《つじつま》が合わないと思っていた」となじられ、這々《ほうほう》の体で逃げ出す。そして喜多八はこんな狂歌を作った。

---

④江戸時代末期の通貨のひとつ。江戸時代の平均相場で換算し、仮に1両を6．6万円とすると、二朱は8250円

⑤梅毒持ち

⑥皮膚病

⑦社会風刺や皮肉を盛り込み、五・七・五・七・七で構成した短歌

⑧本作『東海道中膝栗毛』の作者

「いとはまじとをり一ぺん旅の恥 かきすてゝゆくあふぎたんざく」（どうせ一度しかとおらない土地だ。『旅の恥は掻き捨て』というのと同じで、狂歌もありふれたとおり一遍のものを書き捨てておこう）

伊勢見物、京都見物を終えて大阪にたどり着いた弥次と喜多八。2人はこれまでの道中での失敗で、ほとんど無一文になっていた。弥次が拾って捨てようとした「八十八番」と書かれた富くじ⑨を喜多八が保管しておくと、社から「八十八番が大当たり」との声がする。明朝に賞金の100両を引き渡すというのを聞き、浮かれた2人は新町遊郭で豪遊した。そして明くる日。引換所を訪れるが、当たりの富くじは「子《ね》の八十八番」、弥次の持っていたくじは「亥《い》の八十八番」で外れくじだと判明。そして見守っていた人々から「えらい阿呆《あほう》だ」と笑い者にされる。

遊郭での請求書が届くが、宿代すら払えない始末。しかし、ことのいきさつを知った河内屋の主人から「どんなお方でもお客はお客」と逗留を許される。主人は、どんな失敗にも懲りずに笑い飛ばす2人を見て感心し、新しい衣服と旅費を持たせて大阪を発たせる。2人は、草津の湯や善光寺をまわり、旅を心ゆくまで満喫してようやく江戸に戻ったのであった。

---

⑨現代でいう宝くじ

読本

運命に導かれて集結した八犬士の熱き戦い！

南《なん》総《そう》里《さと》見《み》八《はっ》犬《けん》伝《でん》

江戸時代後期　1814～42年

《作者》
滝沢《たきざわ》（曲亭《きょくてい》）馬琴《ばきん》

1767年～1848年。江戸深川の浪人の子として生まれる。幼くして父を失い、兄に身を寄せて武家奉公や医者入門をする。戯作家として出発し、36歳から読本を書きはじめた。『南総里見八犬伝』は47歳から28年にわたって執筆された。

『南総里見八犬伝』は
江戸時代後期に流行した
「読本」というジャンルの代表作です
「読本」は
いまでいう伝奇小説のようなもので
中国『三国志演義』などの
影響を受けて生まれました
文化文政の頃に
全盛期を迎え
明治になっても活字本として
読み継がれた「読本」は
娯楽とはいえ
漢語が散りばめられていて
文学的な特徴もあります
『南総里見八犬伝』の
舞台は室町時代末期
名前に
「犬」の字を持ち
わん

8つの文字が
それぞれに刻まれた数珠と
牡丹の聖痕を持って
生まれた8人の男が
互いを捜し求めて
困難を乗り越えて
いきます
悌
孝
忠
仁
義
智
礼
信
『八犬伝』の世界観は
まさしく
「勧善懲悪」そのもので
この奸賊め
これでもか
ぽかり。
うへえ
俺が悪かったよう
正義が悪を懲らしめる
明快なストーリーは
子どもから大人まで
幅広く
読まれました
作者の滝沢馬琴は
物語を描いている
途中に失明するも
息子の嫁に
口述筆記させて
物語を完成させた
というから
驚きです
江戸時代の
超人気作品が
いったいどんな
結末を迎えたのか
是非その目で確かめて
みてください

全体のあらすじ

室町時代中期のこと。里見義実《さとみよしざね》は娘の伏姫《ふせひめ》が3歳になっても喋ることができなかったため、洲崎明神《すさきみょうじん》に祈願を行った。実はこれより前、義実は密通して主君を滅ぼした毒婦、玉梓《たまずさ》の首をはねる際に「里見の子孫を犬にしてやる」という呪いを受けていた。祈願を行うと、役行者《えんのぎょうじゃ》の化身が現われ、「仁《じん》・義《ぎ》・礼《れい》・智《ち》・信《しん》・忠《ちゅう》・孝《こう》・悌《てい》」の8字が浮かび上がった数珠を姫に渡した。それ以降、伏姫はつつがなく成長した。

ある年、里見領が凶作の折に安西影連《あんざいかげつら》が攻め込み、義実は籠城した。逼迫《ひっぱく》した状況の中で義実は、ふと飼い犬の八房《やつふさ》に「影連の首を取ってきたら伏姫を嫁にしてやろう」と話しかける。義実の軽口だったが、八房は本当に影連の首を取り、里見軍は勝利する。伏姫は約束を守るため、八房とともに富山の山中で暮らすことにした。伏姫は八房に決して体を許さなかったが、八房の精気を浴びて懐妊してしまう。これを恥じて伏姫は、義実と金碗大輔《かなまりだいすけ》が山中を訪れた際に割腹した。胎内からはひと筋の気が立ち上り、さらに8つの玉が飛び散った。伏姫は潔白を証明したことに安堵して

---

①安房の国（現在の千葉県中部）滝田城の城主

②現在の千葉県館山市にある神社

③妖艶さを武器に義実を手玉にとって滅ぼそうとした傾国の美女

④修験道の開祖で、呪術による神通力を持っていた

⑤人間が生きていく上で大切な道徳。仁義八行とよばれる

⑥館山の城主で、安房に渡ってきた義実をよく思っていなかった

⑦義実の重臣、金碗八郎の息子

息絶え、八房もまた、大輔の撃った鉄砲の玉に当たって死んだ。大輔は出家し、飛んでいった8つの玉を探す旅に出たのだった。

数年後、⑧武蔵国、大塚の里に犬塚信乃《いぬつかしの》という武芸に優れた男がいた。しかし、叔父に宝刀・村雨丸《むらさめまる》を奪われそうになった父が自害したのを見て、すでに母を亡くしていた信乃は世をはかなみ、愛犬の与四郎《よしろう》とともに死のうと決意する。まず与四郎の首を切ると、「孝」⑨の字が入った白い玉が飛び出した。また、信乃の左腕には牡丹《ぼたん》の花の形をした痣《あざ》が出来ていた。叔父夫婦は宝刀を奪うために信乃の自害を止めようと説得し、下男の額蔵《がくぞう》(本名は犬川荘助)に世話をさせることにする。親しげに接する額蔵を信乃は怪しむが、額蔵の背中に同じ牡丹の痣があり、「義」⑩という文字の入った玉を持っていることを知って驚く。これを機に2人は義兄弟の契りを結び、行動をともにするようになった。

その後、叔父夫婦は信乃と結婚させると約束していた養女の浜路《はまじ》を代官に嫁がせようとするが、その計画の最中で浜路と村雨丸を悪党の左母二郎《さもじろう》に奪われてしまう。浜路を連れた左母二郎の行く手を阻んだのは、行者の寂寞道人《じゃくまくどうじん》。左母二郎を切った寂寞道人は浜路に、自分は腹違いの兄で本名

---

⑧現在の東京都豊島区大塚

⑨孝行を意味する

⑩正義を意味する

を犬山道節《いぬやまどうせつ》であると告げる。浜路は村雨丸を信乃に届けるように頼むが、道節は「父の仇を討つのが先」と聞き入れない。そのいきさつを木陰で聞いていた額蔵は、力づくで村雨丸を奪おうと襲いかかるが、道節は火遁《かとん》の術で逃げてしまった。しかし、道節の傷口から落ちた白い玉に「忠⑪」の文字があるのを見つけ、「あの道節も我々の同盟なのだ」と悟る。そして、いつかまためぐり会うことを確信するのだった。

さまざまな危機を乗り越えながら、信乃は「信⑫」の玉を持つ犬飼現八《いぬかいげんぱち》、「忠」の玉を持つ犬山道節、「悌⑬」の玉を持つ犬田小文吾《いぬたこぶんご》と出会い義兄弟の契りを結ぶ。そのころ、信乃のもとに、出家して、大法師《ちゅだい》と名乗るようになった金碗大輔《かなまりだいすけ》が現われた。、大は信乃に伏姫や八房のことを話し、集まりつつある伏姫の「子ども」たちはすべて「犬」がつく氏を持つ八犬士《けんし》で、全部で8人いるだろうと告げた。信乃らは他の犬士を探す旅に出かけ、女田楽師に身を扮していた「智⑭」の玉を持つ犬坂毛野《いぬさかけの》、化け猫にだまされていた「礼⑮」の玉を持つ犬村大角《いぬむらだいかく》に出会う。

八犬士の最後のひとりは「仁⑯」の玉を持つ犬江親兵衛《いぬえしんべえ》で、他の犬士より10歳ほど年が若かった。親兵衛は幼少のころに神隠しにあい、富山で伏姫

---

⑪忠誠を意味する

⑫信頼、真実を意味する

⑬兄弟の敬愛を意味する

⑭智恵を意味する

⑮礼儀を意味する

⑯最高の徳

の神霊に育てられていた。その間、伏姫からほかの犬士について聞かされていたのだった。親兵衛が左右川《までがわ》のほとりで、丶大の窮地を救ったあと、七犬士が合流し、ついに八犬士がそろう。八犬士らは出会えたことを喜び合い、丶大もその様子をほほえましく見守った。

その後、丶大は20数年ぶりに八犬士を里見領に連れ帰った。八犬士と、丶大らは里見家に協力し、扇谷《おうぎがやつ》・山内《やまのうち》の両慣例に戦いを挑み、みごと勝利する。里見領の領主・義成《よしなり》は八犬士にそれぞれに一万貫《いちまんがん》の所領を与えて城主とし、8人の娘を娶《めと》らせた。それから16年後、犬士たちは、それぞれの体にある牡丹の痣が薄くなり、玉の文字も消えかけていることに気づく。丶大が8つの玉を国の四方に安置する四天王像の玉眼とすることを提案し、犬士たちはそれを受け入れた。

八犬士らは年を取っても老いることなく、妻たちが亡くなってからは富山の庵に8人で住むようになった。あるとき、子どもたちが庵に犬士たちを訪ねると、毛野がこう告げる。「先君ご父子の仁義の余徳が衰え、内乱が起こりそうだ。そろそろ我々はほかの山に移る。お前たちもそうするのがよいだろう」。そして、八犬士は忽然と姿を消してしまったのだった。

Column

読みとくほど広がる古典文学の楽しみ方

古典の名作を読んでいると、ほかの作品でその知識が活かされることがあります。

たとえば『東海道中膝栗毛』において、池鯉鮒《ちりふ》という土地に寄った弥次さん喜多さんが「八つはしの 古跡をよむも われわれがおよばぬ恥を かきつばたなれ」という狂句を詠むシーンがあるのですが、『伊勢物語』で在原業平が詠んだ「かきつばた」の名句「からころも きつつなれにし つましあれば はるばるきぬる たびをしぞおもふ」を知っていれば、狂句がパロディなのだとわかり、面白さが増します。また、清少納言の父親が有名な歌人の清原元輔と知っていれば、『古今和歌集』や『枕草子』を読むときに、感慨深さも理解もひと味違うものになるでしょう。

ほかにも、ある作品に登場する人物や出来事が、その他の作品に出てくるという例はたくさんあります。このように、古典文学の知識は時代や作品を越えて、読書をより味わい深いものにしてくれるのです。

第4章

和歌・俳諧

万葉集
古今和歌集
山家集
新古今和歌集
おくのほそ道
おらが春

歌集

4500首以上が収められた日本最古の和歌選集

万葉集《まんようしゅう》

奈良時代末期　759年以前

《作者》
未詳

編者については諸説あり、現在も研究が進められているが、最終的に奈良の歌人の大伴家持がまとめたとされている。当初から20巻すべてが用意されたわけではなく、後世に少しずつ追加されたという説が有力である。

読む前に知っておきたい！『万葉集』

日本に残されている最古の和歌集である『万葉集』には、20巻にわたって4500首あまりの歌が収められています。それらの歌の作者は、天皇から貴族、防人《さきもり》や官人《かんじん》など、身分や年齢もさまざまであり、中には方言で詠まれた歌もあるため、当時の日本の人々の暮らしを知る上でも重要な手がかりとされてきました。

収録歌を時代別に分類すると、口承で伝えられたとされる舒明《じょめい》天皇即位から壬申《じんしん》の乱（629〜641）までの1期、遷都（〜710）までの2期、733年までの3期、759年までの4期に分けられます。

また、歌のジャンルは、主に「雑歌《ぞうか》」、「挽歌《ばんか》」、「相聞歌《そうもんか》」に分かれています。歌の原文はどれも漢字で書かれており、万葉仮名とも呼ばれています。そしてこの万葉仮名こそ、のちにひらがなやカタカナに発展していったと考えられ、現在の私たちの日本語にも大きな影響を与えているのです。

「雑歌」

仕事の合間に歌う鼻歌のような歌や旅の歌、四季の変化を愛でる歌など、生活に密着した歌がこれに分類されます。ここではその代表的な作品を紹介します。

世間《よのなか》を憂《う》しとやさしと思《おも》へども
飛《と》び立《た》ちかねつ鳥《とり》にしあらねば
【山上憶良《やまのうえのおくら》】

解説

「この世は、憂いばかりで思うようにならず、肩身の狭い思いをすることもあるけれど、鳥ではないので、どこかに飛び立って行くことはできないのだ」

詠み手である山上憶良は奈良時代を代表する歌人ですが、その歌は、万葉集に多く詠まれているような自然美ではなく、人間の内面や暮らしを観察した歌が多く見られます。

この歌も、「貧窮問答歌《ひんきゅうもんどうか》」と呼ばれる憶良の代表的な長歌の末尾にあるもので、当時の貧困に苦しむ家族の姿がありありと映し出されています。世の中の厳しさに対して無常を感じても、人間はそこから逃げられないことを、この句は訴えています。

田子《たご》の浦《うら》ゆうち出《い》でてみれば真白《ましろ》にぞ
富士《ふじ》の高嶺《たかね》に雪《ゆき》は降《ふ》りける【山部赤人《やまべのあかひと》】

解説

「田子の浦を抜けて視界が開けたところまで出てみると、富士山の頂上に真っ白い雪が積もっていたよ」

新古今和歌集にも収められている山部赤人のこの句は、百人一首として後に改変されており、「田子の浦ゆ」の「ゆ」には、本来は「〜から」という意味ですが、その後「に」で表されています。

飛《と》ぶ鳥《とり》の明日香《あすか》の里《さと》を置《お》きて去《い》なば
君《きみ》があたりは見《み》えずかもあらむ【元明天皇《げんめいてんのう》】

解説

「明日香の里を出て奈良の都に行ってしまえば、あなたが住む場所はもうここから見えないのでしょう」

古い都から新しい都へと遷都した際の、明日香の里への元明天皇の思いが切実に歌われています。

置《お》きて行《ゆ》かば妹《いも》はま愛《かな》し持《も》ちて行《ゆ》く
梓《あづさ》の弓《ゆみ》の弓束《ゆつか》にもがも【詠み人知らず】

解説

「僕がひとりで君を置いて行ったらかわいそうだ。梓の弓の弓束ならそばに持っていってやれたのに」

防人が妻に贈った歌ですが、万葉集の防人の歌のほとんどで、家族と別離する困難が詠まれています。

「挽歌」

死者へ贈る歌のことで、辞世の句を指すこともあります。仏教の影響を色濃く感じさせる歌もあり、当時の人々の死生観が感じられます。

かからむとかねて知《し》りせば
越《こし》の海《うみ》の荒磯《あらいそ》の波《なみ》も見《み》せましものを

【大伴家持《おおとものやかもち》】

解説

「もしこんなことになると知っていたなら、越の海に打ち寄せては返す荒波を見せてやったのに」

越中《えっちゅう》に赴任して間もない大伴家持が弟である書持《ふみもち》の死の知らせを受け詠んだ歌です。

この歌は、弟を看取れず孤独に死なせてしまった家持の無念が滲み出ています。弟に珍しい景色を見せてやれなかったという後悔の念だけではなく、寄せては返す荒波と海上に突き出た巨岩の神秘的な光景を古代人は生命力の象徴として神聖視していたため、家持は弟の快復の願いも込めて奉じていたのではないかとする説もあります。まだ寿命の短かった古代人の生命観が伝わってきます。

家《いへ》にあれば笥《け》に盛《も》る飯《いひ》を草枕《くさまくら》
旅《たび》にしあれば椎《しひ》の葉《は》に盛《も》る
【有間皇子《ありまのみこ》】

解説

「家では器に盛ることができる食べ物も、こんな旅の最中では椎の葉に盛っている」

謀反の罪で捕らわれて処刑された有間皇子の辞世の句とされています。その状況から、器を使って食べられない愚痴ではなく、生か死かの恐怖の中で神に祈り、供えるように椎の葉に食事を盛る皇子の姿が想像されます。

黄葉《もみぢば》の散《ち》りゆくなへに玉梓《たまづさ》の
使《つかひ》を見《み》れば逢《あ》ひし日《ひ》思《おも》ほゆ
【柿本人麻呂《かきのもとのひとまろ》】

解説

「秋の黄葉が散るとともに、使いの人がくるのを見ていると、妻に逢った当時の光景が思い出されます」

詠み手が妻を亡くして詠んだこの歌は、別れの中に出会いの瞬間が焼きついており、涙を誘います。

うつそみの人《ひと》にある我《わ》れや明日《あす》よりは
二上山《ふたかみやま》を弟背《いろせ》と我《わ》が見《み》む
【大伯皇女《おおくのひめみこ》】

解説

「この世に生きている私は、明日からあの二上山を弟の背中だと思って見るのでしょうか」

謀反の疑いで処刑された大津皇子の亡骸が二上山にあったとき、姉である大伯皇女が詠んだ挽歌です。

「相聞歌」

現在でいうところのラブレターのようなもので、今と同じように、互いの思いを確かめるように交わされていた歌でした。

雪《ゆき》こそば春日《はるひ》消《き》ゆらめ心《こころ》さへ
消《き》え失《う》せたれや言《いひ》も通《かよ》はぬ
【柿本人麻呂】

解説

「雪は春の日に融けて消えてしまうものだけれど、私へなんの連絡もないのは、ついに君の思いまで雪のように消えてしまったのだろうか」

万葉集で雪についての歌は150首にのぼりますが、人麻呂が妻に贈ったというこの歌にも、雪の儚さと男女関係の不安が重ねられています。

ぬばたまのその夜《よ》の月夜《つくよ》今日《けふ》までに
我《わ》れは忘《わす》れず間《ま》なくし思へば
【河内百枝娘子《かわちのももえのおとめ》】

解説

「あの夜の月を今日も忘れられません。あれから忘れずにずっとあなたのことを想っています」

河内百枝娘子が大伴家持に贈った歌で、万葉集の8巻には、彼への相聞歌が数多く収められています。

外《そと》に居《ゐ》て恋《こ》ひつつあらずは君《きみ》が家《いへ》の
池《いけ》に住《す》むといふ鴨《かも》にあらましを
【大伴坂上郎女《おおとものさかのうえのいらつめ》】

解説

「よそにいてあなたに恋しているくらいなら、いっそあなたの家の池に住む鴨になれればいいのに」

詠み手の坂上郎女は万葉集でも有名な恋多き女性。ここでも相手を待つ恋の切なさが歌われています。

歌集

天皇の命により編纂された、日本で最初の勅撰和歌集

古今和歌集《こきんわかしゅう》

平安時代前期　905年ごろ

《作者》
紀貫之《きのつらゆき》、
紀友則《きのとものり》ほか

寛平《かんぴょう》年間（889～897）に活躍した紀貫之《きのつらゆき》、紀友則《きのとものり》、凡河内躬恒《おおじこうちのみつね》、壬生忠岑《みぶのただみね》の歌人４人を撰者とし、9～10世紀前半までの歌を選定。撰者自身の歌が約２割、他に在原業平、小野小町など。詠み人知らずも４割に及ぶ。

読む前に知っておきたい！『古今和歌集』

平安時代の初期から、宮廷文学の中心は漢文に移り、漢詩集が次々と編纂《へんさん》されました。しかし9世紀半ばごろに藤原氏が台頭し、子女を次々と入内させたことから後宮の存在感が増します。そして国風文化の再興とともに、和歌が宮廷文学として復活するようになりました。それから、在原業平《ありわらのなりひら》や小野小町らが活発に和歌を詠んだ六歌仙《ろっかせん》時代を経て、醍醐《だいご》天皇朝の『古今和歌集』編纂へと至ります。

古今和歌集は全20巻・1100首。そのうち四季の歌は6巻分、恋の歌が5巻分と、作品の大半を占めています。作品はおもに3つの時代に分けられます。9世紀前半の詠み人知らずの歌は素朴な歌風が特徴です。次の六歌仙時代は情感に溢れ、作者の個性がよく表れた歌が増えます。撰者時代に入ると洗練され、技巧的にも完成されていきます。また、紀貫之が執筆したとされる序文「仮名序」は、仮名文で書かれた日本初の本格的文学論として高い評価を受けています。

四季の歌

四季の歌は全6巻・340首。ここで、花鳥風月や雪月花など、日本の四季の様式美が確立されたといわれています。

袖ひちてむすびし水のこほれるを
春立つ今日の風や解くらむ
【紀貫之《きのつらゆき》】

解説

「かつて袖を濡らしすくって飲んだ水が、冬には凍っていたのを、今日の立春の風がとかしていることだろうか」

立春の日に詠まれた歌ですが、ここには3つの季節が織り込まれています。まず、袖を濡らしながら水を呑んだ夏。その水が凍りついた冬。そして、氷を解かす立春。水をめぐる季節の移り変わりを一首の中に凝縮した、趣のある歌です。

「袖」の縁語として「むすぶ」「たつ（裁つ）」が使われ、「むすぶ」と「とく」が掛詞になっているなど、細やかな言葉の技巧が凝らされ、「この歌、古今にとりて、心も詞もめでたく聞こゆる歌なり」（藤原俊成）との言葉どおり、古今和歌集を代表する歌となっています。

年のうちに春は来にけりひととせを
去年とやいはむことしとやいはむ
【在原元方《ありわらのもとかた》】

解説

「年内だというのに、暦の上では春が来てしまった。この同じ年を、さて『去年』と言ったものだろうか、『今年』と言ったものだろうか」

年内に立春を迎えた日の歌で、春を待ち、喜びと、年内に春を迎えた戸惑いを表現し、「とし（とせ）」を繰り返し用いて独特のリズムを生み出しています。

あさみどり糸よりかけて白露を
玉にもぬける春の柳か
【僧正遍昭《そうじょうへんじょう》】

解説

「うすみどりの糸をよりあわせ、白露の玉を数珠つなぎにつらぬいているような春の柳よ」

芽吹いたばかりの柳の新緑に、春雨の露がついている様子を、数珠に例えて詠んでいます。

夏と秋とゆきかふ空のかよひぢは
かたへすずしき風や吹くらむ
【みつね】

解説

「去って行く夏と訪れる秋とがすれちがう空の道は、秋の片側の道に涼しい風が吹いていることだろうか」

夏歌の最後の一首で、季節の移り変わりを、「通い路」という言葉で擬人化して表現しています。

解説

「たくさんの花が咲き乱れる秋の野に、思いきり戯《たわむ》れよう。誰もとがめないでおくれ」

「ひもとく」は相思相愛の男女が共寝のために下紐をとくという意味を持ち、また「たはる」は「淫」を意味する言葉。男の思いをそそり、惑わせる美しい女たちを花にたとえた、生々しく官能的な歌です。

ももくさの花のひもとく秋の野に
思ひたはれむ人なとがめそ
【よみ人知らず】

秋の野に人まつ虫の声すなり
我かと行きていざ訪はむ
【よみ人知らず】

解説

「秋の野に人を待つという、松虫の声がする。私を待っているのかと、さあ訪ねてみよう」

松虫は、「待つ」を連想させるものとして擬人化され、古今和歌集の類型のひとつとなっています。

山里はふゆぞさびしさまさりける
人目も草もかれぬと思へば
【源宗于朝臣《みなもとのむねゆきあそん》】

解説

「山里の冬はさびしさがまさって感じられる。人は来なくなるし、草も枯れてしまうことを思うと」

「離れ」と「枯れ」とを掛けてわびしさを表現し、「…も…も」と繰り返すことで緩急をつけています。

恋の歌

恋の歌は全5巻・360首。現代にも通じる恋の喜びや苦悩など、さまざまな感情が描写され、小野小町らを中心に恋の歌の表現が確立されました。

花の色は移りにけりないたづらに
わが身よにふるながめせしまに
【小野《おのの》小町《こまち》】

解説

「美しい花の色はむなしくあせてしまった、春の長雨が降り続いた間に。私の容姿も衰えてしまった、あれこれと物思いに沈んで時を過ごした間に」

枯れた花を嘆きつつ、自らが衰えゆく悲哀の歌です。「ふる」に「経る」と「降る」、「ながめ」には「眺め（物思いにふける）」と「長雨」をかけています。

思ひつつ寝ればや人の見えつらむ
夢と知りせばさめざらましを
【小野小町】

解説

「あの人のことを思って寝たので、夢の中で見たのだろうか。その時それが夢だと知っていたなら、そのまま覚めずにいたものを」

はかない恋心を歌った小町の代表作です。

いま来むといひしばかりに長月の
有明の月を待ちいでつるかな
【素性《そせい》法師《ほうし》】

解説

「もうすぐそちらに行くと言うから9月の長い夜を待ちわび、とうとう有明の月と逢ってしまった」

男の言葉を信じ続け、待ってもいない有明の月に出くわすという、せつなさとおかしみを感じる一首。

人に贈った歌

自らの心情を伝える表現として、特定の人に向けて歌が詠まれることも多くありました。相手との関係性を思って読むと、より趣き深く感じられます。

わたの原八十島かけて漕ぎいでぬと人にはつげよ海人の釣舟

【小野篁朝臣《おののたかむらあそん》】

解説

「ひろい海原のたくさんの島々に思いを馳せて漕ぎだしていったと人には告げてくれ、海人の釣舟よ」

作者の小野篁《おののたかむら》が隠岐の島に流罪になった際に、都に残した家人に贈った歌。「人には」の「は」を用いた強調や、「つげよ」という命令形、結句の体言止めなど、巧みな技法で、深い悲哀が表現されています。

きみがため春の野にいでて若菜つむわが衣手に雪はふりつつ

【仁和帝《にんなのみかど》】

解説

「あなたにあげようと春の野に出て若菜を摘んでいる私の袖に、雪が降りかかってきています」

時康親王（のちの仁和帝）が自ら野に出て若菜を摘み、その若菜を人に贈るときに添えられた歌。

わが君は千代に八千代に細れ石のいはほとなりて苔のむすまで

【よみ人知らず】

解説

「あなたは末長く永劫にいてください。小石が岩となり、それに苔が生えるほどまでも」

相手の命の長いことを祈って贈った歌。明治以降は国歌「君が代」として朗唱されています。

歌集

花と月と人を愛した僧侶・西行の代表的歌集

山家集《さんかしゅう》

平安時代末期　1190年ごろ

《作者》
西行《さいぎょう》

1118年生まれ。鳥羽《とば》上皇の武士として仕えたが23歳で出家。理由は諸説あるが、失恋からともいわれる。出家後は僧侶として諸国を遍歴しながら73歳で亡くなるまで、自然の美を愛でる歌を数多く残した。

読む前に知っておきたい！『山家集』

山家集は、「山家における歌を集めたもの」との意味で、新古今《しんこきん》時代のすぐれた私家集とされる六家集（『長秋詠藻《ちょうしゅうえいそう》』藤原俊成《ふじわらのとしなり》、『秋篠月《あきしのげっ》清集《せいしゅう》』九条良経《くじょうよしつね》、『拾遺愚草《しゅういぐそう》』藤原定家《ふじわらのさだいえ》、『拾玉集《しゅうぎょくしゅう》』慈円《じえん》、『壬二集《みにしゅう》』藤《ふじ》原家隆《わらのいえたか》）のひとつにも数えられています。西行の自選による『山家心中集』のほか、後人によって手が加えられた『西行上人集』『西行法師歌集』などとあわせて、現在のかたちにまとめられました。歌数は約1560首で、上中下巻に分けられ、四季の歌や離別歌、賀歌などが収められているほか、増補本ではさらに300首が加えられています。

後鳥羽上皇が「西行は生得の歌人、不可説の上手なり」と絶賛したように、非凡な感受性でてらいなく自然を詠む西行の歌は、新古今へと続く歌壇の流れを決定づけ、その後も松尾芭蕉《まつおばしょう》など後世にまで大きな影響を与えています。また全国を旅した西行の足跡は、現代にも石碑や庵などに残され、その息吹を伝えています。

四季の歌

旅路の情景が浮かび上がってくるかのような、西行の四季の歌。花と月に執心し、まるで目の前で眺めているような情感あふれる歌が詠まれています。

吉野山こずゑの花を見し日より
心は身にもそはずなりにき

解説

「吉野山の梢《こずえ》の花を見た日からというもの、私の心はいつも、身体から離れているようになってしまった」

西行は花の歌を好んで詠み、「花の歌あまた詠みけるに」として、27首の花の歌がまとめられています。この歌でも、西行は心が浮かれて落ち着かないという気持ちを「心と身がそわない」と表現しました。また「あくがるる心はさても山桜ちりなむのちや身にかへるべき」という歌では、逆に「山桜によって乱された私の心も、花が散れば身に帰ってくるだろう」と詠んでいます。こうした歌によって、山家集の世界観が、西行自身の独特の無常観によって支えられていることがうかがい知れます。

花の香はかをるばかりを行方とて
風よりつらき夕やみの空

解説

「花の香りは、ただほのかに漂うばかりでどこへ向かうとも知れない。花を散らす風よりも、花を隠すこの夕闇の空が恨めしい」

「かをる」とはほのかに漂うの意。もともと実体のない花を夕闇がさらに隠すというおぼろげなイメージは、西行らしい繊細さを持っています。

おしなべて花のさかりになりにけり
山の端ごとにかかる白雲

解説

「世間はあまねく花の盛りになったよ。どの山の端にも、白雲がかかっている」

和歌の世界では昔から山桜が白雲に例えられてきました。面前に広がる花盛りの景色を歌っています。

思へただ花のちりなむ木のもとを
なにを蔭にて我が身すぐさむ

解説

「想像してほしい、花の散った木蔭のことを。そのとき私は、何を頼みに日々を過ごせばいいのか」

「陰」には「庇護」の意味もあり、花を愛した西行の思いが滲み出てくるような歌です。

いそぎおきて庭の小草の露踏まむ
やさしきかずに人や思ふと

解説

「(七夕の翌朝は) 急いで起きて、露に濡れた庭の小草を踏んでおこう。私を風流を解する人だと、誰かが思うかもしれない」

七夕に詠まれた歌で「やさしき」は「優雅な」の意味です。遊び心を理解してくれる人がいるかもしれないという、風流でかわいげのある一首です。

ゆくへなく月に心のすみすみて
果てはいかにかならむとすらむ

解説

「あてどなく月を眺めているうちに私の心は澄みに澄んでいって、いったいどうなってしまうのだろう」

ゆったりと月を眺めながらも、とめどなく溢れ出る月への思いが巧みに表現された名首です。

さびしさに堪へたる人のまたもあれな
庵ならべむ冬の山里

解説

「寂しさに耐えている人が、私のほかにもいればいいな。庵を並べよう、冬の山里で」

つい仲間を求める、冬の山里の人恋しさを詠んだ一首です。

煩悶の歌

出家した身とはいえ、繊細な西行は四季折々の情景や愛しい人との想いに心を悩ませます。率直な歌い口は、現代人でも共感しやすいものです。

なにとかく心をさへは尽くすらむ
我がなげきにて暮るる秋かは

解説

「なぜこんなにも、心尽きるほどに嘆かわしいのだろう。私の嘆きのために秋は暮れるのだろうか。いや、私がいくら嘆こうが暮れない秋はない」

「かは」は反語で、「そんな秋ではない」ことを意味しています。秋の具象を描かず、秋を愛するがゆえに悶える心の生々しさが、巧みに表現されています。

花に染む心のいかでのこりけむ
捨て果ててきと思ふわが身に

解説

「花の美しさを感じる思いがまだ心に残っている。現世への執着は捨てたと思っていた身なのに」

花の美しさに戸惑いつつ、現世に生きる希望を感じとる西行の苦悩が描かれています。

さまざまに思ひみだるる心をば
君がもとにぞ束ねあつむる

解説

「あなたを思ってさまざまに乱れる心も、結局はまたあなたのもとに、束ねて集めてしまうのです」

恋する人の、相手を思うやり場のない気持ちを、少女のような感受性ですくい上げた一首です。

無常の歌

23歳で仏門に入った西行は、漂泊の人生の中で移ろいゆく季節を詠みながら、独自の無常観をたたえた首を数多く残しています。

**願はくは花の下にて春死なむ
そのきさらぎの望月のころ**

解説

「願わくば、桜の花の咲く下で春に死のう。釈迦が入滅した、二月の満月の頃に」

釈迦の入滅した日と、現世で愛した桜と月へのあこがれを一首に表現した歌で、西行の無常観を表す代表歌です。実際に、西行は2月の満月の頃、山里で亡くなり、深い感動を与えました。

**うらうらと死なむずるなと思ひとけば
心のやがてさぞとこたふる**

解説

「よくよく考えて、のどやかに死ぬのがいいと思い至れば、心はただちにそうだと答える」

「さぞ」は強い肯定の意を示し、「うらうらと」との効果的な対比が生まれています。

**いかで我この世のほかの思ひ出に
風をいとはで花をながめむ**

解説

「風の心配をせず心ゆくまで見る桜の光景を、どうすれば来世への思い出にできるだろう？」

恋の記憶を「この世のほか」へ伴いたいと詠んだ和泉式部の歌に、本歌取りで応じた一首です。

歌集　『古今和歌集』以来の伝統を引き継いだ華やかなる勅撰和歌集

新古今和歌集《しんこきんわかしゅう》

鎌倉時代初期　1201年〜1216年

《編者》
源通具《みなもとのみちとも》、藤原定家《ふじわらのさだいえ》ほか

編纂にあたっては、後鳥羽上皇の勅命によって源通具・六条有家・藤原定家・藤原家隆・飛鳥井雅経・寂蓮ら6人の撰者が選ばれ、後鳥羽上皇自身も関わりながら、1216年に完成するまで幾度も改訂が続けられた。

読む前に知っておきたい！『新古今和歌集』

『新古今和歌集』は、日本で初めて編纂された勅撰和歌集の『古今和歌集』をモデルにして、過去の7つの勅撰和歌集を集大成するために編まれた、日本で8番目の勅撰和歌集です。

当時の日本では、主に連歌や今様《いまよう》と呼ばれる新しい文学様式が盛んでした。しかし『新古今和歌集』は、華やかな短歌の世界観や表現の復興を目的としています。

そうして収録された短歌は、八代集の中で最も多い2000首にのぼり、短歌の並びも、四季の巻においては春夏秋冬の順、恋の歌の巻では恋の過程の順というように、連続性によって心の変化を表現しようと試みる撰者たちのこだわりが感じられます。

また歌の内容は、「万葉調」「古今調」と並び「新古今調」と呼ばれ、情緒を強く感じさせる歌が多いのが特徴です。技巧にもこだわりがあり、後世の連歌・俳諧などの文学にも大きな影響を与えました。

四季の歌

『古今和歌集』と同様に、『新古今和歌集』でも四季の変化や色彩を見事にとらえたたくさんの短歌が選び抜かれています。

**おほぞらは梅《うめ》のにほひに霞《かす》みつつ
くもりもはてぬ春《はる》の夜《よ》の月《つき》**
【藤原定家《ふじわらのさだいえ》】

解説

「大空は、梅の香りによってどこまでも霞んでいるように見えるけれど、かといって春の夜の月は曇っているわけではない」

この歌の詠み人である藤原定家は『新古今和歌集』の撰者にも選ばれた優れた歌人としても名高く、数多くの名歌を残しています。中でもこの歌は、「照りもせず曇りもはてぬ春の夜のおぼろ月夜にしくものぞなき」という大江千里の歌を本歌とし、本歌取りの見本ともいわれる一句です。

目には見えない「梅のにほひ」というものを「霞む」と表現する感性が、定家の歌人としての深い才能を感じさせる名歌として知られています。

山《やま》ふかみ春《はる》ともしらぬ松《まつ》の戸《と》に
絶々《たえだえ》かゝる雪《ゆき》の玉水《たまみづ》

【式子内親王《しきしないしんのう》】

解説

「春のおとずれも知らないほど山深くにある住まいの、松でできた粗末な戸に、雪解けの水滴が途切れながらぽたぽたと滴っている」

人気のない山奥から人の住む家の暮らしの中へ、まだ見えぬ春のおとずれが少しずつ近づいてくる様子を表現しています。山から水滴までの視点の移り変わりが、まるで映像のようにありありと表現されている春の名歌です。

卯《う》の花《はな》のむらむら咲《さ》ける垣根《かきね》をば
雲間《くもま》の月《つき》のかげかとぞ見る

【後白河上皇《ごしらかわじょうこう》】

解説

「群がって咲く卯の花が垣根からのぞいている様は、雲間から覗く月の光のように見えた」

「卯の花」はアジサイ科の落葉樹のウツギのことで5月、6月に咲く白い花。初夏の名歌として有名です。

夏衣《なつごろも》かたへ涼《すず》しくなりぬなり
夜《よ》や更《ふ》けぬらむゆきあひの空《そら》

【前大僧正慈円《さきのだいそうじょうじえん》】

解説

「夏衣の片側が涼しくなり、夜も更けてそんな時期かと感慨深くなる、夏と秋が出会う今日の空よ」

「ゆきあひの空」は夏と秋の変わり目を表す季語で、季節の移ろいに翻弄される気分を歌っています。

さびしさはその色《いろ》としもなかりけり
槙《まき》立《た》つ山《やま》の秋《あき》の夕暮《ゆふぐれ》

【寂蓮《じゃくれん》】

解説

「どんな色の杉が並び立つ山の夕暮れを前にしても、秋はいずれにしろやはり寂しいものなのだ」

常緑樹であるにもかかわらず、言葉にしがたい寂しい印象を与える秋の杉山。それを前にして、『新古今和歌集』の選者である寂蓮が詠んだのがこの秋の歌です。しかし、秋の寂しさの普遍性に思いを馳せる寂蓮は、『新古今和歌集』の完成を待たずに命を落としました。

冬《ふゆ》をあさみまだき時雨《しぐれ》とおもひしを
たえざりけりな老《おい》の涙《なみだ》も

【清原元輔《きよはらのもとすけ》】

解説

「冬は浅く、まだ時雨には早いと思ったけれど、絶えず降り続くなあ。老いていく私の涙と一緒に」

清少納言の父である清原元輔が、老いていくわが身を思う心境を冬の雨に見立てて詠んだ歌です。

み吉野《よしの》の山《やま》かき曇《くも》り雪《ゆき》ふれば
ふもとの里《さと》はうちしぐれつつ

【俊恵法師《しゅんえほうし》】

解説

「吉野の山が曇って雪が降り出すと、ふもとの里ではしきりに時雨が降ってくるのです」

情景描写を得意とした俊恵法師の自賛歌。冬山とともに生きる里の暮らしを見事に描いています。

恋の歌

恋の歌が収録された巻では、ひと目惚れや恋わずらいに始まり、恋に破れ、恋が終わるまでの変化が繊細な歌によって順に展開されています。

年月《としつき》はわが身《み》に添《そ》へて過《す》ぎぬれど
思《おも》ふ心《こころ》のゆかずもあるかな
【源高明《みなもとのたかあきら》】

解説

「年月は私が年齢を重ねるとともに過ぎ去っていくけれど、私の思いはあなたから離れられないのです」

「詞書」には「九条右大臣のむすめに、はじめて遣はしける」とあり、高明が初めて人に贈った恋歌であることが明かされています。長い恋の苦悩と、一途な心情が秘かに描かれています。

よしさらば後《あと》の世《よ》とだに頼《たの》めおけ
つらさにたへぬ身《み》ともこそなれ
【藤原俊成《ふじわらのとしなり》】

解説

「よし、それならせめて、来世で一緒になるとだけ約束してくれ。でないと辛さに耐えられそうにない」

藤原定家の母になる女性（美福門院加賀《びふくもんいんのかが》）へ贈った歌で、この恋が成就したことを意味しています。

同《おな》じくはわが身《み》も露《つゆ》と消《き》えななん
消《き》えなばつらき言《こと》の葉《は》も見《み》じ
【藤原元真《ふじわらのもとざね》】

解説

「どうせ同じなら、私も露のように消えてしまえばいい。消えれば辛い言葉をもう聞かなくていいから」

恋する人から望みの言葉を聞くことができないのは死ぬよりも辛い、という苦悩を歌っています。

旅の歌

現在もそうであるように、かつて多くの歌人たちも、旅に身を任せることで、物事の移り変わりをとらえようと表現したのがこの羇旅歌《きりょのうた》です。

いざ子《こ》どもはや日《ひ》の本《もと》へ大伴《おおとも》の
御津《みつ》のはま松《まつ》まちこひぬらん

【山上憶良《やまのうえのおくら》】

解説

「さあみんな、いざ日本へ、一刻も早く帰ろう。大伴にある御津の浜松もきっと待ちわびているだろう」

大伴の御津は、かつて遣唐使船がやってくる港となっていた場所で、一刻も早く帰りたいと願う遣唐使の旅の過酷さと、望郷の念が高まったことをうかがわせる一句です。

袖《そで》にしも月《つき》かかれとは契《ちぎり》をかず
涙《なみだ》はしるや宇《う》津《づ》の山《やま》ごえ

【鴨長明《かものちょうめい》】

解説

「袖が涙に濡れそこに月が宿っている。宇津の山を越える私の心細さを涙が知っているかのようだ」

東海道の難所として名高い宇津を越える寂しさを、慰めるようにして歌った旅の歌です。

まだしらぬふるさと人《ひと》はけふまでに
こんと頼《たの》めしわれを待《ま》つらん

【菅原輔昭《すがわらのすけあき》】

解説

「故郷のあの人は、今日までに帰ると約束した私を待っているだろう。帰れないということも知らずに」

公事のために帰郷が叶わなかった菅原輔昭が、妻に再会できない思いを旅先で綴った歌です。

歌集

人生を「旅」に見出した名高き俳人の晩年の記録

おくのほそ道《みち》

江戸時代中期　1702年刊

《作者》
松尾芭蕉《まつおばしょう》

1644年生まれ。弟子を連れ江戸～東北～北陸を巡り、大垣に到着するまでの半年間を記した紀行文『おくのほそ道』は世界的に評価が高い。元禄7年(1694年)、旅の途中で病に倒れ、客死。享年51歳。

読む前に知っておきたい！『おくのほそ道』

西行をはじめとする古の歌人たちの足跡を辿ることを目的とした旅を、芭蕉が『おくのほそ道』として構想し、弟子の河合曾良《かわいそら》を連れて江戸を出発したのは1689年のことです。現在では、自筆本を含め、弟子たちによって校正された4冊の原本が残されていますが、冒頭で自ら書いているように「月日は百代《はくたい》の過客《くわかく》にして、行かふ年も又旅人也（月日は永遠に旅を続ける旅人であり、来ては去る年もまた同じである）」の一文を体現する漂白の旅でした。

『おくのほそ道』は旅の感想を綴った紀行文に加え、のちに「蕉風《しょうふう》」とも讃えられる芭蕉の俳句が散りばめられていますが、弟子の曾良の俳句も残されていることから、師弟を超えた深い絆を知ることができます。また、2400㎞にわたる険しい旅程を45歳とは思えぬ健脚で達成した芭蕉が、仙台藩の監視任務で東北を見聞していたとする「隠密説」も囁かれ、この作品の神秘性をいっそう高めています。

書き置きの歌

芭蕉たちが新たな場所へ旅立つ決意をしたとき、胸にこみあげたさまざまな思いをその場で書き置いていった歌です。

草《くさ》の戸《と》も住替《すみかは》る代《よ》ぞ雛《ひな》の家《いへ》

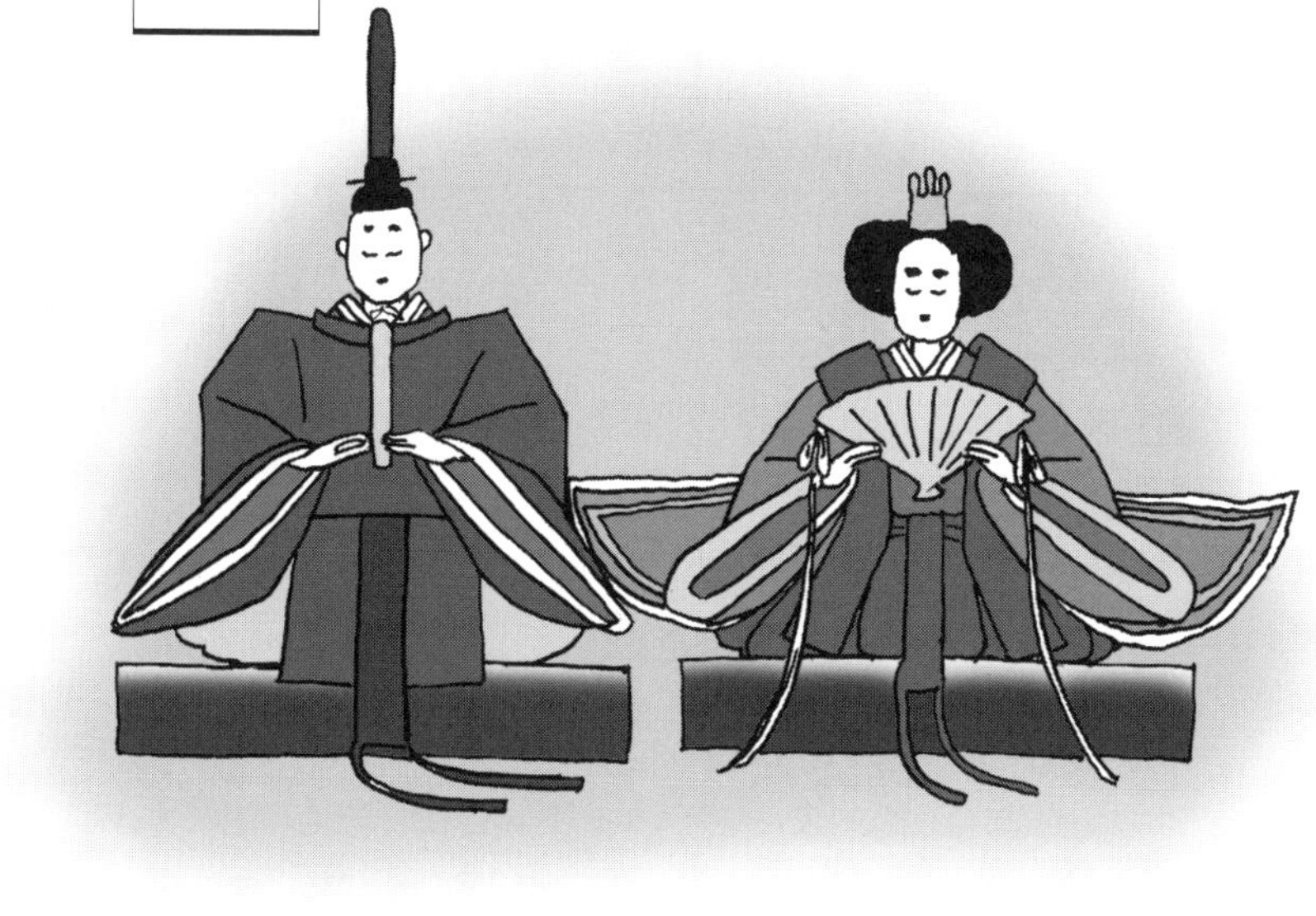

解説

「(世捨て人の私が) この草庵を離れ、誰か次の住人が住む頃には、きっと雛祭りの人形が飾られるような家になっているだろう」

『おくのほそ道』を書き綴るにあたって、芭蕉が旅の初めに家の柱に残した一句です。一度旅に出発すれば、もう住処には戻るつもりはない芭蕉の思いが伝わる句であり、この旅で命を落とすことを覚悟していたようにも感じられます。隣人たちの寄付によって建てられた「採茶庵《さいとあん》」と呼ばれるこの住処を手放した芭蕉は、旅立ちまでの1カ月をさらに質素な別の庵で過ごしました。隅田川を船で下る旅立ちの日には、多くの弟子が見送りにきたことが本文でも綴られています。

木啄《きつつき》も庵《いほ》はやぶらず 夏《なつ》木《こ》立《だち》

解説

「（禅の師である仏頂和尚《ぶっちょうおしょう》が暮らしていた古い庵の跡を訪れると）夏木立に木啄《きつつき》の音が聞こえたが、木啄もどうやらこの庵だけは破らずにいてくれたおかげで、当時の師の暮らしに思いを馳せるができた」

芭蕉の禅の師である仏頂和尚の庵の柱に残されたこの句は、師への思いが森にそっと響いているようです。

野《の》をよこに馬牽《うまひき》むけよ 郭公《ほととぎす》

解説

「道の横でほととぎすが鳴いているのだから、馬を止めて立ち止まり、耳を傾けようではないか」

馬牽きに頼まれて短冊に書き置いた一句で、風流な2人のやりとりが目に浮かびます。

さびしさやすまにかちたる 浜《はま》の秋《あき》

解説

「（須磨の秋は『源氏物語』でも寂しさで有名だがこの種の浜の秋はそれに勝る寂しさである」

種の浜という所にある侘びしい寺に書き置いたもので、浜の寂しさが伝わってくる一句です。

儚さの歌

芭蕉の旅の歌には、いにしえより伝わる歌に登場した数々の舞台や情景が重ねられており、移り変わる時代の栄枯が儚くも美しく詠まれています。

夏艸《なつくさ》や兵共《つわものども》が夢《ゆめ》の跡《あと》

解説

「昔は義経の一党や藤原氏の一族が栄華を夢見たこの場所も、今では辺りをすっかり覆いつくしている夏草に埋もれてしまって、見る跡もない」

この句が詠まれた平泉は藤原氏3代の華やかな時代が続き、源義経の居館があった土地でした。今はすっかり廃墟と化した虚しさを描写しています。

むざんやな甲《かぶと》の下《した》のきりぎりす

解説

「(豪華な兜を見て)これを冠った武士が討たれた様を思うと傷ましいが、今は兜の下できりぎりすが憐れむように鳴いている」

時代の栄枯を嘆く芭蕉の姿が描かれています。

五月雨《さみだれ》の降残《ふりのこ》してや光堂《ひかりだう》

解説

「五月の激しい雨でこの辺りは朽ちているのに、この華やかな光堂だけは雨に降られないのか」

豪華絢爛で有名ないにしえの光堂だけがいまだ華やかさを保っているのを見て感嘆した句です。

静寂の歌

『おくのほそ道』の中でも際立って美しく感じられる静寂の表現には、後世まで語り継がれることになる見事な名句が残されています。

閑《しずか》さや岩《いは》にしみ入《いる》
蝉《せみ》の声《こえ》

解説

「(夕暮れの立石寺《りっしゃくじ》にて) 物音ひとつせずに静まり返っている静寂の中で、ただ蝉の鳴く声だけが、岩々にしみ透っていくように消えていく」

『おくのほそ道』において最も有名なこの立石寺の名句は、広く世界中に知られています。蝉の鳴き声だけが響き、やがて消えていく様を描くことで、何もないよりも静けさが増すように感じられるこの句は、日本人のみならず、世界中の人々の心に深く入り込んできます。

芭蕉の句でほかにも有名な「古池や蛙飛び込む水の音」のように、音と静けさに対する芭蕉の感覚は特に鋭いものであったことがうかがえる名句中の名句といえるでしょう。

別れの歌

旅に出会いがあればこそ、やがては必ず訪れる別れの悲しみや寂しさ、心情が、繊細な17字に表現されています。

蛤《はまぐり》のふたみにわかれ行《ゆ》く秋《あき》ぞ

解説

「蛤《はまぐり》の殻と身のように、別れを名残惜しみ、私が伊勢の二見《ふたみ》が浦へ向かう。秋がもう終わろうとしている」

『おくのほそ道』の最後を飾るこの一句は、目的の旅程を終えて新天地へ向かう芭蕉の身を案じつつ、弟子たちや旅中で出会った人々が、見送りにやってきた日の出来事を詠んだ句です。

終夜《よもすがら》秋風《あきかぜ》聞《きく》やうらの山《やま》

解説

「（芭蕉翁と別れて）ひとりになった旅寝は寂しく、ひと晩中裏山の秋風の音を聞いています」

病に倒れた弟子の曾良が、ひと足先に芭蕉と別れて書き残した句。病と別れの孤独を感じさせます。

庭《には》掃《はき》て出《いで》ばや寺《てら》に散柳《ちるやなぎ》

解説

「寺を発とうとすると柳の葉が落ちてきた。せめて宿のお礼に、落ち葉を掃いて旅立ちたいものだ」

掃いてもきりがない柳の葉のように、去来する別れの名残惜しさを見事に詠み上げています。

俳諧

円熟の境地に達した一茶57歳の、1年間の記録

おらが春《はる》

江戸時代中期　1819年

《作者》 小林一茶《こばやしいっさ》	1763年生まれ。3歳で母を、14歳で祖母を失い、15歳のとき江戸へ奉公に出る。その後俳諧の道に入り39歳で「父の終焉日記」を著す。様々な問題を乗り越えた57歳、句文集「おらが春」を大成。

読む前に知っておきたい！『おらが春』

「おらが春」は、一茶が故郷の北信濃（現在の長野県）で妻を迎えて長女をもうけ、父の死や遺産相続問題など苦労や将来への不安が消えた安定期に書かれた作品です。文政《ぶんせい》2年（1819）の1年間を書いた日記体句文集の体裁ですが、時系列に沿っているわけではなく、作品としてまとめるため幾重にも推敲された跡が残っています。

なんといっても「おらが春」の主題は、最愛の娘・さとの誕生と、その早すぎた死です。継子《まま こ》として自己の不運な境遇を噛み締めながら、娘の誕生と死を体験し、それがやがて浄土真宗的な無常観の醸成へとつながっていきます。句にも書かれている「あなた任せ」とは他力信心とよばれ、自己を超越した存在である仏による魂の救済を意味しています。娘のほか、小動物などかよわい存在に対するあたたかいまなざしの句が多く、最愛の人の死に度々直面し、苦難の多い人生だった一茶の、「人生詩人」としての思考の足跡を知ることができます。

子どもの歌

56歳のときに生まれた愛娘はもちろんのこと、村の子どもたちにも変わらぬ愛情を示した一茶。若さあふれる命のみずみずしさを活写しています。

這へ笑へ二つになるぞ
けさからは

解説

「おおいに這《は》い、おおいに笑いなさい。今朝で2歳になったのだから」

赤子が無事に育つことが現在よりずっと困難だった時代に生きた一茶の、子の成長を見守る優しい眼差しが表現された一句です。この句の前書きには、正月の祝い膳の前で愛娘のさとが遊ぶ様子も描かれています。しかし、この幸せに満ちた時も長くは続かず、さとはこの年の6月に亡くなってしまいます。また、さとの死後1年に待望の次男として生まれた石太郎も、わずか90日前後の寿命でした。悲嘆にくれた一茶が石太郎の死後に詠んだ「もう一度せめて目を明け雑煮膳」という歌は、さとの記憶までを彷彿とさせ、いっそう涙を誘います。

雪とけて村いっぱいの子どもかな

解説

「長い冬が終わり、雪がとけ出した。子どもたちも外へ出て、村じゅうが活気に満ちているよ」

とても簡潔で、読む時代を選ばずに情感が伝わる名句。「村いっぱいの子ども」という表現によって、子どもたちの遊び声が村中に響きわたる情景が目の前に浮かんでくるようです。外で遊べなかった厳しい冬が去り、新しい春の世界が広がった瞬間を、ここで一茶は平易な言葉で鮮やかに描き出しています。

名月をとってくれろと泣く子かな

解説

「天上に光る名月を取ってほしいと、わが子が泣いてねだっている」

子どもの無邪気さと、親として子どもの望みに応えてあげられないもどかしさが伝わる句です。

蚤《のみ》の跡かぞへながらに添乳かな

解説

「赤ん坊に添い寝をし、乳をあげている母親が、蚤に食われた子どもの身体の跡を数えて嘆いている」

毎日の生活の苦労の中に、常に我が子を気にかけている母親のいじらしさを読み取って表現した一句。

動物の歌

小さきもの、かよわきものへの愛情に満ちあふれた一茶は、「おらが春」でもさまざまな小動物を句に詠んでいます。

やせ蛙負けるな一茶これにあり

解説

「やせ蛙よ、負けるな。一茶がここについているぞ」

一茶が武蔵国に「蛙たたかひ」を見に行った際に詠んだ歌と言われています。「蛙たたかひ」とは、繁殖期にたくさんの雄蛙が、1匹の雌蛙をめぐって行う争奪戦。一茶はいつも弱い存在に肩入れし、彼らを見守り、勇気づけるような歌を詠んでいます。

蟻の道雲の峰よりつづきけん

解説

「延々と続くこの蟻の行列は、どこから続いているのだろう。もしかすると、あの雲の峰からだろうか」

小さな蟻と雄大な雲とを、蟻の行列という一筋の線で結びつける、スケールの大きな歌です。

けふからは日本の雁《がん》ぞ楽に寝よ

解説

「はるばると海を渡ってきた雁よ。今日からはもう日本の雁だ。安心してゆっくり寝なさい」

渡り鳥である雁の、長旅の疲れに思いを馳せ、労をねぎらう気づかいが表れた句。

すっぽんも時や作らん 春の月

解説

「（鳴くことのない）すっぽんでさえも、時を定めて鳴き出しそうな、春の月であることよ」

「時を作る」とは、鶏が時刻を定めて鳴くこと。亀はふつう鳴きませんが、「亀鳴く」は春の季語といわれています。春の夜に首を長く伸ばし、月を仰いでいるようなすっぽんの様子を、一茶の詩心が切り取った歌。「亀鳴く」の季語や「月とすっぽん」のことわざが、重層的なイメージをもたらしています。

かくれ家や猫にもすゑる 二日灸

解説

「二日灸をすえるのを、かたわらでじっとのぞき込んでいた猫や。お前にも、お灸をすえてあげよう」

二日灸とは陰暦2月2日にすえる灸。この日に灸をすえると、無病息災が得られるとされています。

雀の子そこのけそこのけ お馬が通る

解説

「道に遊ぶ雀の子よ、そこを早くのきなさい。お馬が通るからあぶないよ」

実際には馬に踏まれる雀はいなくても、小さい雀を気にかける一茶のやさしさがにじみ出た歌です。

達観の歌

一茶の句には、40代から浄土真宗的な無常観の傾向が出てきます。その視点は達観し、肯定も否定もせずあるがままを受け入れる境地を感じさせます。

目出度さもちう位也
おらが春

解説

「世間からは、そのめでたさがいいかげんなものに見えたとしても、私にとっては分相応の新春だ」

「ちう位」は東北の方言で「いいかげん」であり、この句の前書きには「～門松立てず煤はかず、雪の山路の曲がりなりに、ことしの春もあなたに任せになんむかへける」と、現状を受け入れています。

ともかくもあなたまかせの
年の暮

解説

「あれこれ考えたところでどうにもならない。この年の暮れもすべて仏さまにお任せするよりほかない」

「あなたまかせ」は浄土真宗で使われる他力本願で、「物事のなりゆきを阿弥陀如来に任せる」の意です。

これがまあ終の栖か
雪五尺

解説

「五尺も降り積もった雪にうもれたこの家が、自分の生涯を終える最後の住まいとなるのか」

雪国の重苦しい空と雪に老いを重ねて嘆いていますが、それを受け入れる覚悟も感じる歌です。

Column

5・7・5の魅力
―「俳句」の登場―

現代にも、川柳や短歌などの歌遊びが存在していますが、最も有名なのはやはり「俳句」ではないでしょうか。俳句とは5・7・5の17字の中で、「季語」と呼ばれる四季を表現する単語を用いながら、季節と内面の情緒を表現する文学形式のことです。

元々は江戸時代に、松尾芭蕉が「俳諧連歌」という集団で行う歌遊びから、「発句」と呼ばれる最初の17字のみを独立させたもので、その後も小林一茶や与謝蕪村などの優れた俳人の登場により洗練されていきました。そして明治時代、正岡子規によって「俳句」と命名され、広く知られることになりました。

子規は、俳句の文学的価値を高めるとともに、同時代の芸術家たちに多大な影響を与えながら、後継者たちの育成にも力を注ぎました。以降、彼の弟子の高浜虚子《きょし》や河東碧梧桐《へきごとう》など数々の優れた俳人を輩出し、彼らの活躍もあって現在でも、俳句は文芸芸術でありつつ、生涯の趣味としても楽しむことができるようになったのです。

参考文献

・『新井白石　本居宣長（日本の古典21）』杉浦明平ほか訳（河出書房新社）
・『和泉式部日記（ビギナーズ・クラシックス日本の古典）』川村裕子編（角川学芸出版）
・『和泉式部日記　和泉式部集（新潮日本古典集成）』和泉式部　野村精一校注（新潮社）
・『伊勢物語（古典を読む　13）』杉本苑子（岩波書店）
・『伊勢物語（笠間文庫ー原文&現代語訳シリーズ）』永井 和子（笠間書院）
・『雨月物語』佐藤さとる（講談社）
・『宇治拾遺物語（新潮日本古典集成）』大島建彦校注（新潮社）
・『宇治拾遺物語・十訓抄（日本の古典をよむ15）』小林保治、増古和子、浅見和彦／校訂・訳（小学館）
・『大鏡　全現代語訳（講談社学術文庫 491）』保坂 弘司（講談社）
・『大鏡,増鏡ー新教科書準拠（新・要説 3）』日栄社編集所（日栄社）
・『怪奇幻想雨月物語』上田秋成・作、中村晃・訳（勉誠出版）
・『完訳日本の古典　日本霊異記』中田祝夫 校注・訳（小学館）
・『現代語　古事記　決定版』竹田 恒泰（学研パブリッシング）
・『現代語訳 曾根崎心中』近松 門左衛門、高野正巳、宇野 信夫、田中 澄江、飯沢 匡（河出書房新社）
・『現代語訳 南総里見八犬伝〈上〉〈下〉』（河出書房新社）
・『現代語訳 日本書紀』福永 武彦（河出書房新社）
・『校注　おらが春』小林一茶（明治書院）
・『古今和歌集』佐伯梅友・校注（岩波書店）
・『古今和歌集新釈』藤井高尚（風間書房）
・『古今和歌集の研究』片桐洋一（明治書院）
・『古事記入門（学研雑学百科）』吉田邦博（学研パブリッシング）
・『今昔物語集（ビギナーズ・クラシックス日本の古典）』角川書店編（角川学芸出版）
・『今昔物語集1〜5（新日本古典文学大系）』佐竹昭広　ほか編集委員（岩波書店）
・『西行山家集全注解』渡部保（風間書房）
・『西行：『山家集』の世界』玉城徹（砂子屋書房）
・『山家集　新訂』西行（岩波書店）
・『常用国語便覧』加藤道理ほか（浜島書店）
・『新古今和歌集(新日本古典文学大系)』田中裕・赤瀬信吾（岩波書店）
・『世間胸算用・万の文反古・東海道中膝栗毛（日本の古典をよむ18）』（小学館）
・『全訳玉勝間詳解』前嶋成（大修館書店）
・『太平記（ビギナーズ・クラシックス日本の古典）』武田友宏編（角川学芸出版）
・『竹取物語（ビギナーズ・クラシックス日本の古典）』角川書店編（角川学芸出版）
・『田辺聖子の古典まんだら〈上〉〈下〉』田辺聖子（新潮社）
・『玉勝間（明解シリーズ33）』西谷元夫（有朋堂）
・『父の終焉日記・おらが春：他一篇』一茶（岩波書店）
・『中古・中世説話文学選』土屋博映、佐佐木隆・編（おうふう社）
・『土屋の古文100』土屋博映（ライオン社）
・『徒然草が面白いほどわかる本』土屋博映（中経出版）
・『徒然草　現代語訳付き』吉田兼好(角川学芸出版)
・『日本書紀　上（日本の古典をよむ2）』（小学館）
・『日本書紀　下　風土記（日本の古典をよむ3）』（小学館）
・『芭蕉　おくのほそ道ー付・曾良旅日記、奥細道菅菰抄』松尾芭蕉・萩原恭男(岩波文庫)
・『平家物語 (日本の古典をよむ 13)』市古 貞次（小学館）
・『平家物語 (新明解古典シリーズ 9)』（三省堂）
・『方丈記（ビギナーズ・クラシックス日本の古典）』武田友宏編（角川学芸出版）
・『枕草子（ビギナーズ・クラシックス日本の古典）』角川書店編（角川学芸出版）
・『万葉集』森淳司・俵万智（新潮社）
・『万葉　挽歌の世界ー未完の魂ー』渡辺　護（世界思想社）
・『もう一度高校古文』貝田桃子（日本実業出版社）
・『要説方丈記ー全巻ー付十六夜日記』（日栄社）

監修
土屋 博映（つちや ひろえい）

昭和24年群馬県南牧村に生まれる。東京教育大学大学院修了。現・跡見学園女子大学文学部教授。元・代々木ゼミナール講師。著書は現在も“土屋の古文”として全国の受験生等から圧倒的な支持を得ている。受験参考書として、『土屋の古文222シリーズ』（代々木ライブラリー）は、史上初の100万部を突破するミリオンセラーを記録した。他に『土屋の古文講義シリーズ』（代々木ライブラリー）、『土屋の古文100』（ライオン社）など多数。一般書も『奥の細道が面白いほどわかる本』（中経出版）ほか多数。NHKラジオ講座、テレビ講座講師も勤める。現在は、『徒然草』『奥の細道』をはじめ、日本文学・日本語学の研究、囲碁（6段）、中国語・韓国語・ベトナム語などを趣味とし、文化に没頭し、文化に生きる毎日を楽しんでいる。

編集	株式会社アート・サプライ
執筆協力	石村加奈、岩根彰子、小川たまか（プレスラボ）、佐藤渉、松本美和
イラスト・マンガ	角丸ケンイチ
デザイン	山﨑恵（Artsupply）、野口佳大（Artsupply）

日本神話から江戸文学まで
マンガとあらすじでやさしく読める
日本の古典 傑作30選

2012年7月10日 初版発行

監修	土屋博映
発行者	佐藤秀一
発行所	東京書店株式会社 〒160-0022 東京都新宿区新宿1-19-10-601 Tel.03-5363-0550 Fax.03-5363-0552 http://www.tokyoshoten.net
郵便口座番号	0018-9-21742
印刷・製本	株式会社 光邦

ISBN:978-4-88574-062-6 C0095